¿CÓMO ME VENGARÉ?

UN CASO SOBRENATURAL DE LA DETECTIVE
CAMILLE

LOS THRILLERS DEL UMBRAL
LIBRO 2

ADRIÁN Y MIGUEL ARAGÓN

Redes sociales de los autores:

amazon.com/author/autoresaragon
goodreads.com/autoresaragon
instagram.com/autoresaragon
facebook.com/autoresaragon

Obtén una copia digital GRATIS de *Emboscada*: Max Cornell
thrillers de acción n.º 1 y mantente informado sobre futuras
publicaciones de los autores. Suscríbete en este enlace:
https://www.autopublicamos.com/emboscada

ÍNDICE

PRÓLOGO

Las manos de la mujer temblaban en la oscuridad. Sabía que tenía que iniciar el ritual a las tres en punto de la madrugada, pero ya antes de medianoche lo tenía todo dispuesto sobre la mesa del salón, donde iba a llevarlo a cabo. Sus planes iniciales consistían en dormir un par de horas antes, coger fuerzas para lo que se avecinara —que sabía podría ser nada—, pero los nervios o quizás el miedo de lo que pudiera ocurrir no le habían dejado pegar ojo. En vez de eso, pasó las horas sentada en una silla, esperando que llegara el momento.

Apretó el botón de su móvil y el resplandor blanquecino de la pantalla impuso su poder sobre la luz tristona de las tres velas que había sobre la mesa, colocadas de tal forma que sus llamas conformaban un triángulo. Faltaban cinco minutos para la hora exacta: ni un minuto antes ni un minuto después. Por unos instantes quiso averiguar qué significado tenía el «tres», por qué gran parte del rito giraba en torno a ese número y qué poder escondía. Tres velas, a las tres de la madrugada, sus dedos índices sobre el tablero y los pulgares juntos como si formaran uno solo, lo que significaba tres puntos de apoyo. Había ensayado el gesto antes. Sus dedos conformaban una especie de uve doble carente igualmente de sentido para ella.

La penumbra regresó a la habitación, ocultando las marcadas facciones de su rostro, las profundas arrugas que el dolor le causaron a lo largo de las últimas semanas y que habían enrarecido su expresión. Una nariz aguileña y unos pómulos hundidos eran el resultado de muchos días de sufrimiento. Incluso las pocas veces que sonreía sus labios no podían dibujar más que una grotesca mueca. En ese momento, la tensión la asemejaba a una estatua.

Jamás había hecho una cosa así. Como mucho, las había visto en las películas, pero nunca pensó que ella sería un día la protagonista. Su lado más racional bramaba por levantarse, recoger todo aquello e irse a la cama. Las probabilidades de que lo que iba a hacer solo sirviera para ahondar en su dolor eran altas. Pero lo peor de todo era que, al mismo tiempo, todas sus esperanzas, malogradas y extenuadas por el cansancio, se aferraban a ese ritual con todas sus fuerzas.

El silencio en torno a su figura era absoluto. Parecía como si nada ni nadie quisiera interrumpir ese momento. Era tarde, y eso explicaba que apenas hubiera gente caminando por las calles, aunque para ella esa calma le resultaba extraña. El silencio en sí era excesivo, casi molestaba en los oídos y amplificaba la oscuridad que le rodeaba.

Sintió un escalofrío. La temperatura de la casa parecía haber descendido varios grados repentinamente. ¿Acaso se estaba volviendo loca? Pulsó de nuevo el botón del móvil y comprobó la hora: faltaban tres minutos para que dieran las tres en punto. En esta ocasión, no esperó a que la luz del teléfono desapareciera por sí sola, sino que pulsó nuevamente el botón para retornar a la lúgubre claridad de las velas. Los tenues reflejos anaranjados salpicaban la escueta decoración de la estancia. Desde donde se encontraba, podía vislumbrar algunas fotografías; sin duda, tiempos mejores que creía exclusivos ya de su memoria.

Extendió sus manos sobre la mesa y palpó el relieve del tablero. En las yemas de sus dedos percibió las letras que había grabadas sobre la madera. El abecedario al completo, desde la «a» hasta la «z». Las incisiones estaban realizadas de una manera burda, puede que con la punta de un cuchillo afilado o un cincel. Eso demostraba que aquel tablero no podía comprarse en ningún centro comercial o por internet. Aquella pieza de madera decrépita era diferente a cuanto había visto antes e incluso desprendía un olor entre ácido e incisivo que no podía relacionar con ninguna otra cosa. Todas las teorías acerca de dónde había salido aquel objeto naufragaban en su razón y ni siquiera quien se la entregó le dio muchos detalles al respecto.

De repente, una mala sensación invadió su cuerpo. Fue tan real, tan palpable que no pudo evitar retirar las manos del tablero y retroceder varios metros. Estaba agitada, el corazón le latía a toda velocidad y las primeras lágrimas le resbalaban por las mejillas.

—No puedo hacerlo, no puedo… —musitó mientras se ocultaba el rostro con las manos. El temblor se había extendido por su cuerpo.

Convencida de que todo no había sido más que una estupidez, se levantó y encendió la luz. Sin embargo, justo en ese momento la alarma del móvil resonó en el silencio e iluminó la pantalla: eran las tres de la madrugada.

Sobresaltada, apagó la alarma de inmediato y se sentó de nuevo junto a la mesa. Tenía que hacerlo. Su voluntad era una marioneta en manos de sus sentimientos: la desesperación la había apresado. La inoperancia de la policía no le había dejado más opción que recurrir a esa bruja que aseguraba que podía comunicarse con los muertos. Hacía un par de días que fue a visitarla a una casa a las afueras de la ciudad. Ni siquiera el taxista pudo encontrar la dirección, por lo que se vio obligada a caminar un par de kilómetros antes de localizarla. La residencia de aquella mujer no era más que una casa semioculta por la vegetación. Ramas de árboles y arbustos se abalanzaban sobre la estructura como si pretendieran asfixiarla.

Cuando se encontraba a pocos metros de la puerta, esta se abrió y la supuesta bruja apareció al otro lado.

—Te estaba esperando —le dijo con una sonrisa. Lo más curioso es que ella no le avisó en ningún momento, ni cogió cita ni se lo contó a nadie. Simplemente, leyó por casualidad un anuncio en el periódico y se dejó llevar.

Una vez en el interior y tras explicarle el problema que le atormentaba, la bruja le ofreció ese extraño tablero de madera y le facilitó una serie de instrucciones para, como le dijo, «mirar al otro lado». Una parte de ella creía que le estaba estafando. Una persona sin escrúpulos podría aprovecharse fácilmente de su sufrimiento para sacarle cien o doscientos euros. En el caso de la bruja, no fue ni lo uno ni lo otro: no le cobró ni un solo céntimo.

—Con esto obtendrás las respuestas que necesitas.

No obstante, su generosidad no estuvo exenta de indicaciones. En varias ocasiones la bruja le advirtió de las amenazas que podía representar ese tablero, quién o qué podía verse atraído. Sin embargo, ella apenas le escuchó. La promesa de que obtendría respuestas había aupado sus esperanzas hasta tal punto que todo lo demás dejó de importarle.

La bruja advirtió su desdén por las advertencias e hizo hincapié en ellas, pero era inútil: esa mujer estaba cegada por el dolor y era capaz de correr cualquier riesgo. Aunque la verdad era que la credibilidad de la mujer tenía un límite, que una vez sobrepasado hacía caer todo en la invención y la fantasía.

Así, la mujer recordó todos los pasos mencionados por la bruja y desestimó las advertencias. Lo primero de todo era situar los dedos tal y como le había explicado. Después tenía que pronunciar unas palabras extrañas, sonidos inexplicables en su opinión y que no podía relacionar con otro idioma. Pronunciarlas, según la bruja, era como agitar los goznes de una puerta.

—*Kazul Aia Patea. Kazul Aia Patea.*

No sucedió nada, sin embargo, no iba a desistir tan pronto. En un esfuerzo por concentrarse, la mujer cerró los ojos y repitió aquella peculiar frase una decena de veces.

Lo que en un principio era un tímido susurro, poco a poco se fue transformando en una voz sólida que retumbaba en el silencio de la noche. Mientras tanto sus dedos, apoyados sobre el tablero en esa extraña postura, comenzaron a deslizarse. La mujer se horrorizó al sentir como algo o alguien movía sus manos, pero no hizo otra cosa que cerrar los ojos con más decisión.

—¡*Kazul Aia Patea!* ¡*Kazul Aia Patea!*

La velocidad a la que se movían sus manos se incrementó hasta tal punto que en varias ocasiones casi cae al suelo. Fue entonces cuando abrió los ojos, aterrada por lo que estaba experimentando.

El tablero que había sobre la mesa desapareció y en su lugar quedó un inmenso agujero negro del que emanaba una luz extraña, con destellos purpúreos, que parecía abrasar todo a su alrededor.

La mujer retiró sus brazos para evitar aquella luz. Intentó hablar, pero una vorágine de gritos emanó de aquella oscuridad, envolviéndolo todo con un ruido atronador. El suelo, las paredes y el piso entero comenzaron a temblar como si se tratara de un intenso terremoto. Segundos después, una calma absoluta regresó, siendo solo interrumpida por los golpes de los vecinos en la puerta.

En ese instante, la mujer agonizaba en el suelo del salón, retorciéndose en un charco de sangre.

CAPÍTULO 1

Seis semanas antes
   Aeropuerto Internacional de Haneda (Tokio)

NURIA SE AJUSTÓ las gafas mientras observaba una de las pantallas que había sobre su cabeza, donde se mostraba un pequeño avión azul aterrizando una y otra vez sobre lo que parecía ser un aeropuerto en miniatura.

—¿Vamos a aterrizar? —se preguntó a sí misma. Estaba acostumbrada a volar, pero los aterrizajes le ponían nerviosa. No podía comprender cómo conseguían llevar a ese monstruo metálico hasta el suelo. En el asiento de al lado, un hombre reaccionó a su voz, le dedicó una exagerada sonrisa y asintió en lo que parecía ser una especie de reverencia. Nuria le devolvió el gesto, pero no tenía la menor idea de qué significaba todo aquel despliegue de gestos y señales.

—¿Tokio? —le preguntó Nuria al extraño.

El hombre, un japonés entrado en años, sonrió nuevamente y apuntó con la cabeza hacia la ventana. El océano de luces que Nuria vio al otro lado del cristal acabó por convencerla de que estaba llegando a su destino. Después echó la cabeza hacia atrás, la apoyó sobre el respaldo y suspiró: estaba a punto de empezar una nueva etapa en su vida. Sus nervios estaban a flor de piel.

Pese a que estaba acostumbrada a viajar, se le antojaba extraño dejar atrás el horizonte europeo y trasladarse hasta Japón, donde iba a residir al menos los próximos meses. El choque cultural era evidente. Era de Barcelona, ciudad donde se formó en Historia del Arte antes de lanzarse en los años siguientes por las principales capitales europeas para especializarse en las obras pictóricas. Renacimiento en Milán, barroco y clasicismo en Roma, impresionismo en Ámsterdam y modernismo en París. Su absoluta dedicación la convirtieron en una de las mayores expertas de pintura del mundo. Pronto los grandes museos se la disputaban para contar con sus servicios, situación que aprovechó para especializarse más todavía y establecer una infinita lista de contactos que se extendía por todo el Viejo Continente. En el mundo del arte, tanto expertos como artistas, tenían en una gran consideración a Nuria y el trabajo no le faltaba.

Entonces, ¿qué le había hecho marcharse al otro extremo del mundo?

Nuria era ambiciosa por naturaleza, su cabeza siempre estaba en busca de nuevos retos. En la Bienal de Arte de Venecia, un mes antes, conoció a un importante mecenas japonés con el que mantuvo una interesante conversación. Este le insistió en que en Japón abundaban las piezas de artes europeas, sobre todo aquellas que llegaron a finales del siglo XIX, cuando el comercio con Occidente era frenético y los asiáticos ansiaban las piezas de arte del continente. Esas obras estaban muy valoradas, pero la guerra las había relegado al olvido y no habían sido estudiadas a fondo, estando la gran mayoría en los sótanos de los millonarios del país. No concretaron en nada, no obstante, el japonés se aseguró de insistir en la idea de que Nuria pasara una temporada en Tokio y comprobara de primera mano el gran número de obras artísticas que circulaban por su país.

Después de varias llamadas, correos electrónicos y ofertas salariales muy suculentas, Nuria Estrada hizo las maletas y reservó un billete para el primer vuelo hacia Tokio.

—Excelente decisión, señorita Estrada. No se arrepentirá —le había dicho el japonés después de concretar todos los detalles—. Uno de mis ayudantes le recogerá en el aeropuerto.

CAPÍTULO 2

TAL Y COMO LE había indicado el hombre que estuvo sentado junto a Nuria, el avión tocó tierra diez minutos más tarde en el Aeropuerto Internacional de Tokio. Acababa de aterrizar en Japón. Se sorprendió de que la mayoría de los pasajeros se quedasen inmóviles en sus sitios, esperando las órdenes del comandante del avión, algo radicalmente diferente a lo que ocurría en España o en cualquier otro país de Europa. De hecho, se contuvo e imitó al resto de pasajeros, aunque ya se había desabrochado el cinturón y recibido una mirada reprobatoria de su compañero de asiento. Sin embargo, le importó poco; estaba expectante y tan enfocada en sus propios asuntos que aprovechó todo ese tiempo pensando en el japonés que había conocido en Venecia.

El señor Fukuda, quien tanto le había insistido para que se trasladase a Japón, era un hombre ya entrado en años. Se trataba de un importante empresario que quería recopilar las piezas de arte más importantes de su país para establecer una especie de museo. Su intención final no era otra que ganarse la confianza de los grandes museos internacionales para iniciar así el inter-cambio de las grandes obras de la pintura universal y que estas pudieran ser expuestas en Japón. Nuria era consciente de que se trataba de un proyecto rocambolesco y de escasas posibilidades de éxito, pero era algo tan diferente a lo que ella hacía en Europa que consideró que merecía la pena arriesgarse. Además, Nuria era consciente de que si conseguían sacar a la luz un gran número de obras inéditas y establecer un intercambio con otros países, su nombre circularía por los museos de todo el mundo.

Por fin llegó el momento de bajarse del avión. Quince horas de vuelo eran demasiadas para cualquier espalda. Necesitaba caminar urgentemente para asegurarse de que sus vértebras estaban en su sitio y el riego sanguíneo recuperase su ritmo normal. Se suponía que en la terminal había alguien esperándola, pero el edificio era tan inmenso y había tantas personas que consideró imposible que alguien pudiera encontrarla.

Pero, para su sorpresa, no tuvo que esperar mucho. Una vez que puso sus pies en la terminal, un joven vestido de manera elegante y con un letrero entre las manos donde se leía «Mrs. E.», se acercó hasta ella y, con un fuerte acento japonés, le dijo:

—¿Señorita Estrada?

Nuria asintió y extendió la mano para presentarse. Sin embargo, el joven inclinó la cabeza y dio varios pasos hacia atrás.

—El señor Fukuda le ha reservado una habitación en uno de los mejores hoteles de la ciudad. La llevaré hasta allí para que descanse el tiempo que considere oportuno.

Nuria, avergonzada por lo extraño de la situación, retiró la mano como si hubiese cometido un bochornoso error. El joven, en cambio, no se inmutó e incluso Nuria tuvo la sensación de que aquel malentendido le pareció gracioso. «Es otra cultura», pensó, aunque no esperaba que un ayudante de un importante hombre de negocios reaccionase de esa manera.

El trayecto discurrió en absoluto silencio. Ella intentó en varias ocasiones iniciar una conversación, pero acabó desistiendo ante las lacónicas respuestas del joven, que tan solo le dedicaba miradas fugaces a través del espejo retrovisor, más como si quisiera asegurarse de que se encontraba allí. A su llegada al hotel comprobó de primera mano que, efectivamente, debía tratarse de uno de los más lujosos de la ciudad. En el vestíbulo había toda una legión de botones y trabajadores que estaban al tanto de cada detalle. Nuria consideró excesivo el trato que recibió del personal, que se mostró dispuesto en satisfacerla ante cualquier exigencia que pudiera tener.

Su habitación era una de las *suites* ubicadas en las plantas más elevadas del edificio, desde donde podía vislumbrarse la ciudad de Tokio en su extensión. El joven cargó con las maletas hasta la misma puerta de la habitación, donde se detuvo en seco.

Nuria, que en ese momento iba de un lado a otro alucinando con aquella estancia, se fijó en la actitud del joven.

—¿Qué sucede? —preguntó.

—Debo pedirle permiso para entrar, señora —le dijo—. Por el momento, esta es como si fuera su casa aquí en Japón, por lo que he de respetarla.

Ella no daba crédito a la total sumisión del joven.

—Podrás entrar en la habitación si al menos me dices tu nombre. También me vale si me estrechas la mano —dijo ella con una sonrisa irónica en los labios.

—Eso no es algo que sea necesario —replicó.

—Tal vez prefieras que le comunique al señor Fukuda tu descortesía conmigo.

Comenzaba a comprender la lealtad extrema del joven. Este esbozó una sonrisa ante las palabras de Nuria, quien era consciente de que le estaba poniendo en una situación complicada.

—Me llamo Hiro —dijo al fin. Ella asintió.

—Yo soy Nuria. Un placer.

El joven dibujó una mueca que ella interpretó como una sonrisa forzada. Era evidente que no estaba cómodo en aquella situación. Finalmente, optó por no torturarlo más.

—Has cumplido tu parte. Puedes pasar —dijo Nuria divertida.

Este dio varios pasos hacia el interior de la habitación y se detuvo de nuevo.

—¿Dónde quiere que deje las maletas?

Nuria encogió los hombros.

—Ahí supongo que está bien. Déjalas donde puedas. No te preocupes. Esta ciudad es preciosa —le dijo, volviéndose hacia la ventana.

—Espero que no cambie de opinión cuando salga el sol.

Nuria soltó una carcajada.

—Vaya, una muestra de empatía.

Aunque en ese momento el joven le dedicaba algo parecido a una sonrisa, este seguía tenso y alejado varios metros de ella.

—Ahora tengo que irme, señorita, pero antes tenga —dijo ofreciéndole un móvil—. Aquí encontrará números de teléfono de interés general, así como el mío propio. Estoy a su disposición las veinticuatro horas del día. Avíseme para cualquier cosa que necesite.

Nuria cogió el teléfono y asintió.

—¿Qué hora es aquí, Hiro?

Este se echó hacia atrás la manga de la camisa que ocultaba el reloj.

—La una de la madrugada. El señor Fukuda me ha insistido en pedirle que descanse el tiempo que considere oportuno. El hecho de que haya venido hasta Japón supone un gran esfuerzo por su parte. Esto significa que espera su llamada para concertar una reunión. Insisto, puede tomarse todo el tiempo que quiera para adaptarse.

—Pues comunica a tu jefe que mañana al mediodía estaré lista para comenzar a trabajar. No he pasado tantas horas sentada en un avión para descansar.

CAPÍTULO 3

Nuria tuvo que esperar hasta la tarde del día siguiente para ver de nuevo al señor Fukuda. Habían hablado tanto por teléfono que tenía la sensación de que lo conocía desde hacía tiempo, aunque la realidad era que no habían vuelto a verse desde la Bienal de Arte de Venecia. Fue también después de esa fecha cuando un fondo de inversión de Barcelona se puso en contacto con ella para ofrecerle un puesto de trabajo similar —curadora de arte—, aunque relacionado con grandes familias europeas al borde de la ruina. Estas acudían desesperadas e intentando vender cualquier cosa con tal de salir de la quiebra, algo que no solía ocurrir. Estas familias, cuyos orígenes se remontaban a cientos de años atrás, poseían importantes piezas artísticas que pretendían vender al mejor precio posible, aunque los fondos de inversión que acudían como buitres a la carroña sabían que podía comprar estas obras a un precio muy por debajo de su valor real. Nuria se lo planteó un par de días antes de rechazarlos y darle el sí definitivo al señor Fukuda.

Quedaron en la misma cafetería del hotel. Cuando Nuria llegó, se alegró de ver al joven que le había recogido en el aeropuerto, Hiro, junto al señor Fukuda, a quien recordaba de una manera distinta. La imagen distorsionada del hombre de negocios que había ido surgiendo en su cabeza distaba mucho del anciano de mirada penetrante que era en realidad el señor Fukuda. Utilizaba un llamativo bastón dorado y vestía un traje de chaqueta que parecía haber sido confeccionado para una persona mucho más grande que él. A todo esto se sumaba un fino bigote perfectamente perfilado que remarcaba cada una de sus expresiones y le daba un aspecto peculiar, difícil de olvidar.

A diferencia de Hiro, el señor Fukuda era mucho más expresivo y saludó a Nuria con apretón de manos antes de invitarla a tomar asiento. Su voz era aguda y ronca a la vez. Hablaba inglés de una manera correcta, aunque no tan fluido como lo hacía Hiro.

—En primer lugar, quiero agradecerle su sacrificio. Sé que es un largo viaje. Si necesita más tiempo para descansar, solo tiene que decírmelo. Tiene todo el tiempo del mundo.

Nuria negó con una sonrisa en los labios. Empezaba a estar cansada de la preocupación generalizada por su descanso.

—No se preocupe, señor Fukuda. Ya he descansado lo suficiente. Dormí mucho en el avión y apenas tengo *jet lag*.

El anciano sonrió con satisfacción y dio un sutil golpe con el bastón en el suelo. En ese momento, Hiro se acercó y dejó sobre la mesa una carpeta. Nuria le dedicó una sonrisa, pero el joven se mostró impertérrito, como si no la conociese.

—Como ya le dije, hay numerosas piezas de arte en Japón que todavía no han sido convenientemente analizadas. Lo primero que necesitamos, por tanto, es que las estudie para establecer así las primeras colecciones. En esta carpeta tengo fotografías de las obras. —El señor Fukuda las expandió sobre la mesa —. Sé que es insuficiente para realizar su trabajo, pero es todo lo que puedo ofrecerle hasta que consiga traer las obras a Tokio. Podrá suponer que la burocracia lo complica todo.

Nuria asintió y se centró por completo en las fotografías. Cada una de ellas se correspondía a un cuadro, pero debían haber sido tomadas por alguien que no entendía ni de arte ni de fotografía. Solo un par de ellas se salvaban, pero aun así tampoco podía establecer ninguna conclusión medianamente correcta.

—Hay muchos detalles que no pueden apreciarse en una fotografía, señor Fukuda. Si me permite preguntarle, ¿las obras se encuentran bien conservadas? Me refiero a condiciones de humedad, luz, temperatura…

—Las que están en mi poder, puedo garantizárselo. El resto, sin embargo, está en manos de otros coleccionistas y lo desconozco. Mi consejo es que se prepare para lo peor. No son pocas las obras que han pasado muchos años en un sótano o en un trastero. Espero que todas estén en condiciones de exhibirse, pero, siendo sincero, tengo mis dudas al respecto.

Nuria lo miró con gravedad.

—En tal caso, conozco a varios restauradores de renombre. Sus servicios no son precisamente baratos…

—El dinero no es problema, señorita Estrada —interrumpió el anciano.

—Eso lo facilita todo entonces —dijo ella.

—Sin embargo, lo que más me preocupa en este momento son las falsificaciones, por lo que preferiría que los cuadros pasaran por el mínimo número de manos mientras sea posible. Una vez que tengamos los certificados de los organismos internacionales, podremos movernos con más soltura.

Nuria arqueó las cejas. A diferencia del señor Fukuda, ella no solía esconder lo que pasaba por su cabeza.

—No he cruzado medio mundo para copiar cuadros, señor Fukuda.

Hiro dibujó una tenue sonrisa. Hasta el anciano se sorprendió de las palabras de la europea.

—Tenga la certeza de que lo sé perfectamente. Su historial es intachable. No he encontrado a nadie que me hablara mal de usted. Pero comprenda mi recelo a gente ajena a lo que considero mi círculo de confianza. No obstante, no se preocupe, llegado el caso recurriremos a quien sea necesario.

En ese momento Nuria pensó con quién habría hablado el anciano para tener referencias acerca de ella, desconectándose un poco de la conversación. El señor Fukuda continuaba hablando:

—Ya sabe que pretendo iniciar contactos con los grandes museos de Europa. Si saliera a la luz que exhibo obras falsas, mi credibilidad quedaría por los suelos y perdería cualquier opción. Sé que es complicado, pero insisto, ¿ve algún signo que le pudiera hacer creer que alguna de las obras es una vulgar copia?

Nuria frunció el ceño y se centró en las fotografías. No sabía de qué manera la conversación se había centrado en las posibles falsificaciones de las obras, ni tampoco comprendía la repentina insistencia del anciano, pero no le quedaba más remedio que comprobarlo. Pero su experiencia y habilidad no fueron suficientes para sobreponerse a la mala calidad de las fotografías.

Durante unos minutos todo fue una tensa espera, más por parte de Nuria, que sentía la mirada fija del anciano sobre ella.

—Tendría que estudiar los cuadros para poder confirmarlo, señor Fukuda. Pero por lo que puedo ver aquí diría que son los originales.

—En ese caso, y tomando sus palabras con un valor puramente especulativo, ¿qué valor podrían tener esas obras?

Nuria se pasó la mano por el rostro. Las fotografías mostraban obras que con total seguridad pertenecían al Impresionismo francés, pero desde luego no a los principales pintores del movimiento. Sin embargo, prefirió mostrarse cauta.

—Una fotografía no es suficiente para darle una cifra, señor Fukuda. Habría que comprobar también la demanda externa de las obras y el inventario de los museos para valorar en qué números nos podemos mover.

Este se recostó sobre el respaldo y le regaló una cálida sonrisa.

—No se preocupe, comprendo la complejidad del asunto. Haré todo lo posible para que disponga de los cuadros mañana a primera hora. Mientras tanto, recupere fuerzas, ya le aviso de que pronto lograré un flujo continuo de obras y la necesitaré al cien por cien.

CAPÍTULO 4

CAMILLE OBSERVABA desde un promontorio a las almas que vagaban por el Umbral. Tras ellas, las aguas del río Aqueronte bajaban tranquilas, en el fluir eterno que nunca se alteraba y que se asemejaba al discurrir de la vida. Su anchura alejaba hasta tal punto a la otra orilla que era casi imposible ver qué había en ese lado, de donde tan solo llegaba el resplandor de una intensa luz lejana. El que debía ser el destino de todas las almas se mostraba distante, inaccesible si el barquero Caronte no aceptaba la travesía. Precisamente, solo Caronte conocía qué había en la otra orilla, pero su silencio al respecto era absoluto.

El Umbral de los Muertos era una tierra vasta que se extendía más allá de los límites humanos del tiempo y el espacio. Allí vagaban las almas de los que habían fallecido, esperando cruzar el río. Sabiendo que pronto regresaría al Mundo de los Vivos, decidió aguardar alejada del trasiego de almas que avanzaban sin rumbo alguno. Sus lamentos se asimilaban a un aire viciado que soplara continuamente. Los arcángeles volaban de un lado a otro, irradiando a las almas con su luz y poniendo un poco de orden en aquel caos.

Había una belleza anómala en aquella estampa. Sin embargo,

Camille levantó la mirada lo justo para que sus ojos se pusieran sobre la imponente figura de Cerbero, el gigantesco can de tres cabezas que custodiaba las almas y a cuyas espaldas se extendía el Reino Oscuro, donde las almas quedaban atrapadas para siempre. Las tres cabezas ladraban y rugían a un lado y a otro, celosas cada una de su espacio, agresivas y hasta en cierta medida irracionales. Nada comparado con el ser en el que se transformaba cuando cobraban vida en el Mundo de los Vivos.

No obstante, hubo algo que desvió la atención de Camille. Entre las muchas almas que tenía ante sus ojos, hubo una que le resultó peculiar. La estuvo observando un rato, incrementándose en ella un mal augurio. Las almas eran representaciones infinitas de cada persona, imágenes perfectas, pero la que Camille estaba viendo lucía de manera horrorosa, con grandes heridas por toda su figura. Se trataba de una mujer que avanzaba con un gran pesar. Camille era consciente de que si se acercaba a ella llamaría la atención de Cerbero, quien no le guardaba mucha simpatía. Intentó no prestar más atención al alma de aquella mujer, pero fue incapaz. Finalmente, procurando pasar desapercibida para Cerbero, se dirigió hasta ella.

—¿Qué te ocurre? —le preguntó.

—Marga —contestó el alma.

—¿Marga? ¿Quién es Marga?

Pero no hubo respuesta. Segundos después, el alma repitió:

—Marga.

Antes de que tuviera tiempo para responder, un ruido atronador invadió el Umbral. Las almas que vagaban ignoraron aquel estruendo, pero el resto de los seres como Camille se giraron de inmediato hacia la colosal figura de Cerbero, que avanzaba como un loco en dirección a ella.

Camille intentó mediar, pero Cerbero no entró en razón y una de sus cabezas agarró el alma de aquella mujer y se la llevó consigo.

—Su lugar está ahora en mi reino —dijo el can de tres cabezas.

Camille se lamentó de la estupidez que acababa de cometer. A esa alma le había ocurrido algo muy malo, porque las almas no se hieren así como así. Valoró la opción de que pudiera tratarse de un esbirro —un alma atormentada al servicio de Cerbero—, pero las almas de estos se presentan incompletas, deformes y no heridas.

—¿Marga? —susurró—. ¿Qué te ha ocurrido?

CAPÍTULO 5

El inspector Enrique García aporreó la puerta y esperó. Podía haber utilizado el timbre, pero sabía que el sonido de los golpes sobre la puerta causaba una mayor impresión a quien debía responder a la llamada. Pequeños trucos que pueden marcar la diferencia entre una conversación fructífera y una pérdida de tiempo.

—¿Quién es? —dijo la voz de un hombre al otro lado de la puerta. A Enrique la pregunta le pareció carente de sentido, considerando el ajetreo que había en los rellanos del edificio desde hacía como una hora.

—Brigada criminal de la Policía Nacional. Me gustaría hacerle unas preguntas.

—¿Es por lo de la mujer asesinada?

Enrique cerró los ojos y suspiró. Destilaba la paciencia muy lentamente.

—Así es, caballero. Ahora, si no le importa, abra la puerta. Será cuestión de uno o dos minutos.

Sin embargo, la puerta permaneció cerrada.

—Ya hablé antes con un compañero suyo. No tengo nada más que decirles.

El inspector respiró profundamente y levantó la mano para golpear de nuevo la puerta, pero se contuvo en el último segundo.

—Pues me temo que tendrá que hacerlo otra vez.

—Pero...

Esta vez, el inspector no le dio tiempo a replicar.

—Escúcheme bien. Si no abre la puerta de inmediato, puedo pensar que esconde algo o alguien relacionado con el asesinato de su vecina. Y si llego a pensar una cosa así, no tendré problemas en echar la puerta abajo, arrestarle y hacerle pasar unos cuantos días en el calabozo hasta que confiese. Usted elige.

No pasó ni un segundo para que la puerta del piso se abriera de par en par. Al otro lado había un hombre joven, de unos treinta años, que lucía el rostro hinchado por la falta de sueño.

—Le ha costado decidirse. Inspector Enrique García, brigada criminal —dijo mostrando su identificación. El hombre la observó un segundo antes de asentir plenamente convencido—. ¿Usted es?

—Carlos Romero. Ya hablé antes con un compañero suyo de la Policía local.

Enrique asintió, pero ignoró completamente aquel hecho.

—¿Conocía a la víctima?

—¿A Marga? Por Dios, sí. Era una vecina entrañable. Todos en el edificio la queríamos. Además, estábamos especialmente atentos a ella después de la desaparición de su hija. Bueno, tampoco es que yo hablase mucho con ella. Ya sabe, eran los vecinos más mayores quienes tenían más confianza con ella.

El instinto policial de Enrique despertó de repente.

—¿Su hija está desaparecida?

Enrique tomó notas en una pequeña libreta. El resto de sus compañeros prefería las grabaciones en el móvil, pero él optaba por continuar con el método tradicional. Le resultaba más sencillo llegar a alguna conclusión e influía más en quien debía responder las preguntas.

—Creo que se llama Nuria. Siempre estaba viajando por trabajo, por lo que apenas la conocía. Es experta en arte o algo así.

—¿Dónde se encontraba su hija cuando desapareció?

—Creo que escuché en una ocasión que le había salido un trabajo muy bueno en Japón. Allí fue cuando dejó de tener noticias de Nuria. Poco más puedo decirle al respecto. Manteníamos una relación puramente cordial.

El inspector reflexionó por unos segundos. Una hija desaparecida y una madre asesinada eran sucesos poco comunes que merecían más tiempo, pero en ese momento tenía que centrarse en el asesinato de la mujer. Muchos kilómetros de distancia separaban ambos sucesos como para obsesionarse con encontrar un nexo.

—¿Qué estaba haciendo alrededor de las tres de la madrugada? —preguntó el inspector, cambiando el rumbo de la conversación. Carlos tragó saliva.

—Estaba dormido, obviamente. Me despertaron los fuertes golpes que provenían del piso de Marga. Creo que todo el edificio los escuchó. Parecía que estuvieran derribando las paredes a martillazos —explicó el joven.

—¿Solo escuchó golpes? ¿Ningún grito?

Carlos movió la cabeza de un lado a otro y el inspector así lo anotó. Lo que ese hombre decía coincidía con el testimonio de los otros vecinos, pero aun así, insistió:

—¿No escuchó gritar a Marga Estrada?

—Le repito que no. Solo sonaron golpes muy fuertes. Pensé que se había caído o algo así, pero deseché la idea muy rápido. Eran golpes demasiado violentos.

—¿Cuánto tiempo duraron esos golpes?

Carlos frunció el ceño.

—No sé. Tan solo unos segundos, pero, desde luego, más tiempo del que se correspondería con una caída.

Enrique anotó todo con su letra minúscula e ininteligible para cualquier otra persona.

—¿Vio salir a alguien del edificio o por alguna ventana?

—A nadie. Cuando salí de casa, ya había varios vecinos en el rellano. Además, la puerta del portal se abre a partir de las ocho de la tarde con código de dos dígitos. Si alguien salió, debía conocer el código o tener llave de la puerta.

CAPÍTULO 6

ENRIQUE ASIÓ sus sienes mientras trataba de poner en orden sus pensamientos. Eran las cinco y media de la mañana, por lo que apenas había podido dormir un par de horas. Por mucho que lo intentara, su razonamiento era espeso todavía. El café insípido de la comisaría tampoco había servido de mucho y aún era demasiado temprano para que ninguna cafetería estuviese abierta.

Acababa de tomar declaración al último vecino que vivía en la misma planta que Marga Estrada, la mujer de sesenta y dos años que había aparecido asesinada en su casa con una violencia inaudita. Los hechos tuvieron lugar alrededor de las tres de la madrugada, momento en el que los vecinos escucharon fuertes golpes en el piso de la víctima. Una de sus vecinas, una anciana llamada María, utilizó la copia de la llave de la puerta que Marga le había entregado hacía ya casi quince años. Ella fue quien la encontró. En ese momento se encontraba recibiendo atención médica por una crisis de ansiedad. Necesitaría muchas horas de terapia para asimilar la dantesca escena.

—Nunca había visto algo así —dijo Ricardo, miembro de la brigada de criminalística. Acababa de salir del piso de la víctima, enfundado todavía en el traje de plástico blanco. Enrique, que estaba apoyado en una de las paredes del rellano, frunció el ceño y le hizo un gesto con la cabeza.

—Dime que lo de los golpes tiene sentido —dijo el inspector. Era la obsesión de todos los agentes que participaban en la investigación: lo de los golpes no tenía explicación o no podían encontrársela. La duración de estos no coincidía con la multitud de heridas que presentaba la víctima. Había sido acuchillada, lo que implicaba una muerte más o menos silenciosa.

—Hay que esperar el resultado del forense. Tenemos que saber cómo murió exactamente esa mujer —dijo Ricardo mientras se quitaba los guantes—. Quizás intentó huir.

—Tu opinión. Quiero saberla.

El agente encogió los hombros.

—No sé qué decir. Las heridas que presenta son de arma blanca, apenas hay rastro de violencia, salvo por las manchas de sangre repartidas por todo el salón, que casi estoy seguro fueron provocadas por las puñaladas. No hubo forcejeo, ni robo ni nada que diera sentido a lo de los golpes. Pero si lo escucharon todos, no sé, quizás el asesino tropezó o se llevó un objeto pesado consigo.

Enrique cerró los ojos. Él ya había estado en la escena del crimen y visto el lamentable estado en el que quedó la mujer, así como las numerosas manchas de sangre. También había podido ver que todos los muebles estaban en su sitio, que no había nada que pudiera explicar el origen de los intensos golpes que oyeron casi todos los vecinos.

—¿Has visto las heridas? —preguntó en voz baja, como si se tratara de una cuestión que debiera permanecer en secreto. Tenía la sensación de haberse trasladado desde un punto inexplicable a otro que rozaba lo enigmático.

Ricardo asintió. Su frente estaba perlada de sudor debido al traje de plástico que vestía.

—Son diferentes.

—¿Eso es todo lo que se te ocurre?

—¿Y qué quieres que te diga, Enrique? ¿Que en mis quince años en la institución nunca había visto algo así? No tengo ningún problema de serte sincero: es como si la hubieran apuñalado con un cuchillo al rojo vivo; eso es lo que pienso. La piel está cauterizada, pero es tal la violencia de las heridas que ha destrozado también venas y arterias, lo que explica el baño de sangre. No tiene sentido lógico ni es posible de hacer, pero esto es lo que creo: tuvieron que apuñalarla con un metal candente, aunque en la casa no hay forma alguna de conseguir calentar el metal de esa manera.

El inspector señaló al agente.

—Tu teoría es menos disparatada que la mía —afirmó Enrique, al que las heridas de la víctima le habían evocado a las espadas láser de *Star Wars*—, así que no te ofendas si la tomo prestada.

—Toda tuya. Vas a necesitar toda la ayuda de la que puedas disponer para resolver esta mierda. Mira que es raro todo. Si por lo menos le hubieran robado algo.

—Los vecinos me han dicho que para salir del edificio después de las ocho de la tarde hay que utilizar un código o la llave para abrir la puerta.

Ricardo levantó el rostro con un atisbo de esperanza.

—¿Le falta una llave?

Enrique movió la cabeza de un lado a otro.

—El que debía ser su llavero principal está sobre una mesita en la entrada. En otro mueble del salón tenía dos copias más, tanto de la puerta del portal como de su casa. Además, cuando entraron los vecinos, la cerradura tenía varias vueltas.

—Este puzle tiene demasiadas piezas, Enrique.

—Por si no lo sabías, hay más. Su hija fue declarada desaparecida semanas atrás por la embajada española en Japón.

—¿La hija de la víctima? Eso es mucha casualidad.

—He hablado con la comisaría después de que un vecino me

lo comentara —dijo Enrique—. Marga Estrada estuvo ayer en la brigada de desaparecidos. ¿Qué te parece? ¡Estuvo en la comisaría! Quería comprobar cómo iba la investigación. Por supuesto, no tenían ninguna novedad que contarle. En cuanto a su hija, Nuria Estrada, no hay rastro de ella.

Ricardo suspiró a la vez que negaba con la cabeza.

—Este caso es de los feos. Pero yo que tú me preocuparía por la madre. Quien haya hecho esto es un animal y hay que encerrarlo cuanto antes. Además, me gustaría saber qué arma ha utilizado. La carne del borde de las incisiones está chamuscada, nunca lo había visto.

Enrique suspiró.

—Y todavía no son ni las seis de la mañana.

CAPÍTULO 7

El sol aún no había despuntado por el horizonte, pero la oscuridad comenzaba a diluirse en un extremo del cielo, donde surgieron tonos azulados que pregonaban la proximidad del día.

Una decena de coches de policía ocupaban la calle, iluminándola con los tonos azulados de la sirena silenciosa, que mantenían activa. La cinta policial, dispuesta en ambos extremos de la calle, pretendía establecer un control de acceso, ya que las cámaras de seguridad del edificio no habían mostrado la salida de ninguna persona entre las dos y media y tres y media de la madrugada. Fue tras el descubrimiento del cuerpo de Marga cuando algunos vecinos salieron a esperar a que llegara la policía. Esto significaba que había altas probabilidades de que el asesino continuara en la zona.

Era temprano para que comenzara todavía el ajetreo común de un día de diario, pero aun así ningún agente se percató de cómo la figura de una mujer surgió de la penumbra ocasionada por un saliente de la fachada de un edificio. El primer agente que la vio era el que custodiaba la puerta del mismo edificio. Sin embargo, antes de que pudiera decir nada, la mujer sacó su identificación y acalló las posibles dudas del agente, que la dejó pasar sin inconveniente alguno.

—¿Quién es esa mujer? —le preguntó su compañero, que se encontraba al otro lado del portal.

—Viene del Ministerio del Interior. Un pez gordo. Al inspector García le va a encantar.

CAPÍTULO 8

Camille introdujo de nuevo la identificación en su bolsillo y retomó con cierta prisa la marcha hacia el interior del edificio. Pese a que no había tenido problemas para acceder, era consciente de que la artimaña de la identificación falsa podría volverse en su contra si llamaba demasiado la atención. Debía indagar qué había ocurrido para después marcharse y comenzar la investigación por su cuenta, de lo contrario, podía encontrarse con problemas.

Al parecer, hacía un par de horas habían percibido una perturbación de energía considerable en el Mundo de los Vivos, una situación anómala que había llamado la atención al otro lado, en el Umbral. En su mayoría, esas perturbaciones solían producirse cuando un ser del Umbral desplegaba su poder. Sin embargo, en esta ocasión había sido diferente. La energía no había emanado desde el Mundo de los Vivos, sino que había sido atraída desde las lindes del Umbral.

—¿Sabes lo que significa eso, Camille? —le había preguntado su mentor.

—Han intentado abrir un portal desde el Mundo de los Vivos —respondió ella.

—Exacto. Y alguien se ha visto atraído hacia él. Pero no sabemos el qué.

Aparte de esto, Camille estaba al tanto de la muerte de una persona que coincidió en momento y lugar con la perturbación de energía, lo que no era buena señal. Ella era consciente de que había personas en el Mundo de los Vivos con «poderes» especiales, bendecidas con un don que les permitía relacionarse de algún modo con las almas de los fallecidos. Lo usual es que todo transcurriera sin problemas. En la mayoría de ocasiones, los encuentros entre esas personas y un alma solían ser pacíficos y efímeros.

Comenzó a subir las escaleras del edificio, momento en el que tuvo que mostrar su identificación en un par de ocasiones más, concretamente, cada vez que llegaba a los rellanos. El asesinato había tenido lugar en la cuarta planta, por lo que, en la tercera, cuando una pareja de agentes le pidieron que se identificara de nuevo, Camille advirtió el excesivo control.

—Disculpe, agente. No tengo problema en identificarme cuantas veces sea necesario, pero es la quinta vez que muestro mis credenciales. ¿Acaso me estoy perdiendo algo? —preguntó Camille con media sonrisa. Los dos agentes que custodiaban el rellano asintieron con gravedad, mirando a su alrededor antes de contestar.

—La situación es complicada. No tenemos constancia de que el asesino haya salido del edificio, o si lo ha hecho, desde luego que no ha sido por la puerta —contestó el agente.

La sonrisa de Camille se fue difuminando poco a poco hasta que su rostro se mostró grave. Una parte de ella esperaba que el asesinato cometido en el mismo lugar donde había tenido lugar la perturbación de energía no estuviera relacionado con el crimen. De ser así, significaba que nada bueno se había visto atraído hacia ese portal.

Agradeció a los agentes la información y continuó escaleras arriba. Tenía que averiguar qué había ocurrido.

CAPÍTULO 9

ENRIQUE PASEABA de un lado a otro del pasillo de la cuarta planta. Sus compañeros estaban trabajando en la escena del crimen y el juez venía de camino para levantar el cuerpo, así que, hasta entonces, no podía más que leer todo lo que había anotado en su pequeña libreta para intentar sacar algo en claro.

Su móvil lo interrumpió. Observó la pantalla: el comisario Mendieta.

—Buenos días, comisario —contestó.

—Serán para ti, Enrique. Ponme al día, acabo de llegar a la comisaría y no puedo entender por qué están movilizados casi todos mis agentes en la calle Berenguer. ¿A quién demonios han asesinado? ¿A Bill Gates?

Enrique estiró su rostro con una mueca incómoda.

—La víctima es una mujer de sesenta y dos años, comisario. Presenta unas señales de violencia inauditas. Según los testigos y las cámaras de seguridad, no tenemos constancia de que el asesino haya salido del edificio, de ahí que tengamos tantos agentes desplegados en la zona.

—¿Han encontrado algo interesante? —preguntó el comisario con otro tono de voz.

—Nada por ahora. No tenemos ninguna descripción física del sospechoso ni parece que haya dejado su rastro en la escena del crimen.

—Entiendo, pero aun así no podemos mantener ocupados a tantos agentes. Pronto será la hora de que todo el mundo se marche a trabajar, de que los niños vayan al colegio, y no quiero que se forme un espectáculo.

El inspector contestó al comisario a la vez que observaba la llegada de una mujer al pasillo de la cuarta planta. Había subido por las escaleras, lo que significaba que los agentes que custodiaban las otras plantas, e incluso el acceso al edificio, le habían permitido subir. Un agente de paisano que se encontraba también allí advirtió el gesto extraño del inspector y fue a abordar a la mujer, la cual no tardó en sacar una identificación que Enrique no pudo ver bien, pero que fue suficiente para que el agente le permitiera entrar en la escena del crimen.

Enrique, deseando poner punto final a la conversación con el comisario para interesarse por esa mujer, apenas escuchaba ya a su superior.

—Quedo a su disposición, comisario —contestó sin tener muy claro qué le había dicho este segundos antes. Su atención estaba en la mujer que acababa de entrar al piso de Marga Estrada.

—¿Cómo dices? Te he preguntado si ha llegado el juez, ¡¿es que no me estás escuchando?!

El grito de Mendieta fue suficiente para que el inspector volviera a centrarse en la llamada.

—Lo siento, comisario. No, no ha llegado todavía, aunque ya no puede tardar mucho. Regresaré a comisaría en cuanto se hayan llevado el cuerpo y le redactaré un informe completo de la situación.

—Eso estaría bien. Si ese crimen ha sido tan horrendo como me ha mencionado, tenemos que atrapar a ese monstruo cuanto antes.

CAPÍTULO 10

Para Camille no pasó inadvertido el hombre que estaba hablando por teléfono cuando ella llegó a la cuarta planta. Había estado en demasiadas investigaciones y podía reconocer con una simple mirada quién estaba al mando. También intuyó que en cuanto ese hombre terminara de hablar por teléfono iría tras ella y comenzaría a hacerle una pregunta tras otra.

Sin embargo, todo aquello pasó a un segundo plano cuando entró al piso de la mujer asesinada y contempló el horror con sus propios ojos. Las paredes del salón estaban repletas de sangre, al igual que el techo y el suelo. El ambiente estaba cargado y al respirar Camille podía percibir el aire pesado y dulzón que emanaba de la sangre. Pero si algo la desconcertó fue el estado del cuerpo de la mujer, la violencia de aquel ataque y, sobre todo, las peculiares marcas dejadas por el cuchillo en la carne de la víctima.

En ese momento, a sus espaldas, Camille escuchó un breve siseo y pensó que el agente que le había pedido que se identificara debía estar poniendo al día al hombre del teléfono, el cual se dirigía ya hacia ella con cara de pocos amigos.

—¿Puedo ayudarla en algo? —preguntó Enrique, cuyo rostro se turbó al ver de nuevo el cuerpo sin vida de Marga Estrada.

—Ministerio del Interior —dijo Camille, mostrando una vez su identificación. El inspector frunció el ceño. Consideraba la presencia de esa mujer como la confirmación de que el asesinato de Marga Estrada podía estar relacionado con la desaparición de su hija en Japón.

—¿Y a qué se debe la visita?

Camille sabía que los policías detestaban que miembros de otras organizaciones le pisaran el terreno, por lo que tenía que ser cauta para no buscarse problemas.

—No puede negarme que se trata de un caso peculiar, ¿verdad? Ya sabe cómo funcionan las cosas. La información vuela en estos días y lo que le han hecho a esta pobre mujer no es algo común —dijo Camille mientras se giraba nuevamente para observar el cuerpo. No era la primera vez que veía esos cortes, pero tampoco las tenía todas consigo. Debía esperar.

—Marga Estrada —dijo el inspector.

—¿Cómo dice? —preguntó Camille sorprendida.

—Que la víctima se llama Marga Estrada. ¿No le informan correctamente en el Ministerio?

Camille sonrió para seguir interpretando su papel, pero por dentro sus pensamientos iban a la velocidad de la luz. «Marga» es lo que repetía ese espíritu que tanto le llamó la atención en el Umbral, y que Cerbero se llevó consigo a su reino.

—Marga… —susurró.

—¿Cómo dice? —preguntó Enrique.

Ella se recompuso.

—Nada. Pensaba en voz alta simplemente.

Dicho esto, dio varios pasos y se acercó más todavía al cuerpo sin vida de Marga. Enrique, con las manos metidas en los bolsillos, la seguía observando con desconfianza.

—¿Para qué la ha enviado el Ministerio? Todavía no me lo ha

dicho. ¿Acaso hay un pez gordo metido en esto? —insistió el inspector.

—Aunque así fuera, usted sería de los últimos en enterarse. Creo que hace falta mucho más para justificar mi presencia en este caso —dijo Camille señalando hacia las paredes manchadas del salón. Sin embargo, aquello no era suficiente para Enrique.

—Demasiada casualidad.

El inspector rumiaba las palabras con desconfianza.

—¿A qué se refiere?

—Verá, supongo que estará al tanto, pero la hija de esta pobre mujer desapareció hace un par de semanas en Japón. Las probabilidades de que en una misma familia coincidan dos hechos tan desafortunados son muy reducidas; da que pensar. Si a todo esto le añade el hecho de que el Ministerio del Interior envíe a una agente a entrometerse en el caso, qué quiere que diga. No es algo normal.

Camille observó fríamente al inspector. No tenía constancia de que la hija de esa mujer estuviera desaparecida. Sin embargo, comprendía el recelo de ese hombre. El caso no seguía unas pautas normales. Iba a contestarle, pero se fijó en un detalle que casi la hizo sobresaltarse. La mesa del salón estaba quemada en la parte central, como si hubieran puesto algo muy caliente sobre ella. La observó con tanta concentración que incluso el inspector miró el mueble, temiendo que se le hubiera pasado por alto.

«Dirán que se ha quemado», pensó Camille, «pero eso no lo ha hecho el fuego. Lo que ha destrozado la mesa no es de este mundo». Apenas llevaba un par de minutos en el interior del piso, pero con todo lo que había visto intuía que había ocurrido una auténtica desgracia.

—¿Qué pasó en la mesa? —preguntó Camille pese a conocer la respuesta.

Enrique miró a una y a otra antes de contestar.

—Estamos estudiándolo. Pensamos que la víctima o el

asesino quemaron algo sobre ella, quizás papeles o documentos que comprometían a una tercera persona.

Camille miró con desdén al inspector.

—No pierda el tiempo en fantasías de películas de espías, inspector García.

Este se molestó.

—Al menos sabe mi nombre. ¿Tiene usted nombre o el Ministerio se lo ha borrado?

Camille asintió a la vez que pensaba la respuesta. Estaba en España, manteniendo una conversación con un inspector de la Policía Nacional, haciéndose pasar por una agente del Ministerio del Interior.

—Para usted, soy la agente Collado.

—Un placer —dijo Enrique.

—No hubo testigos visuales, ¿verdad? —preguntó Camille.

—Los vecinos se alertaron por el ruido.

—Por los golpes… —dijo ella con un hilo de voz.

Cuando se producía una perturbación de energía, el trasvase de un mundo a otro era violento. Era algo parecido a reventar una botella o una bolsa rellena de aire.

—¿Cómo sabe lo de los golpes? —preguntó Enrique, frunciendo el ceño. Camille se dio cuenta de su error, pero supo disimularlo.

—Yo también he realizado mis pesquisas, inspector.

—Eso está claro, agente Collado.

CAPÍTULO 11

CAMILLE MIRÓ SU RELOJ. Habían pasado veinte minutos desde que dejara el piso de Marga Estrada, la mujer que había sido asesinada en extrañas circunstancias y que podía tratarse del alma que Cerbero se llevó a su reino.

Tras salir de allí, optó por caminar durante un buen rato sin rumbo alguno para cerciorarse de que el inspector García no le estuviera siguiendo. Era evidente que no se fiaba de ella y el error de mencionar los golpes que escucharon los vecinos no había hecho más que aumentar de manera exponencial esa desconfianza.

No obstante, no había rastro del inspector por ninguna parte. Aprovechó que estaba cerca de un amplio parque y entró en él. Buscó una zona tranquila y comprobó que no había nadie que le estuviera prestando especial atención. Era todavía temprano y no había más que un par de ancianos practicando un poco de deporte.

Fue entonces cuando Camille comenzó a silbar una melodía que muy pocas personas habían tenido la oportunidad de escuchar. El sonido que emanaba de sus labios viajó en la brisa de la mañana y se transportó muy lejos de allí. Segundos después, un hombre mayor, vestido con un gran sombrero que le ocultaba gran parte del rostro, apareció caminando tranquilamente en el parque.

—Tienen un clima fantástico en esta ciudad. Una auténtica suerte —dijo el anciano mientras se acercaba a Camille.

—La verdad que sí —le respondió contemplando el verdor de los árboles.

—Bueno, me has llamado y aquí me tienes. ¿Has averiguado algo acerca de esa perturbación de energía?

Camille se pasó una mano por el rostro mientras buscaba las palabras adecuadas. No era sencillo ponerle palabras a lo que había descubierto.

—Nada en concreto, pero aun así deberíamos estar alertas.

El hombre, con las manos en los bolsillos, asintió con solemnidad.

—Te escucho.

—Estuve en el mismo sitio donde tuvo lugar esa perturbación. Allí falleció una mujer. Sufrió una muerte horrible.

—¿Sobre qué hora pudo ocurrir? —preguntó el hombre.

—Es casi seguro que la perturbación tuvo lugar a las tres de la madrugada.

—Esa hora descarta que se trate de un hecho casual. Esa mujer quería contactar con el Umbral —afirmó el hombre, que esperaba que esa fuese la principal baza de la cuestión, sin embargo, al ver la expresión de Camille, supo que había mucho más—. ¿Qué ocurre, Camille? ¿Qué has visto en esa casa?

—La mujer lucía heridas terribles, cortes profundos que le habían abrasado la piel. No conozco ninguna arma humana que sea capaz de originar tales heridas.

—Entiendo lo que quieres decir...

—No es solo eso.

Por primera vez, el hombre alzó el rostro lo suficiente como para que sus ojos quedaran al descubierto.

—Había una mesa —continuó Camille—. Su tablero superior había sido tocado por las «luces negras».

El hombre agachó la mirada. Muy pocos seres emanaban aquella luz venenosa y ninguno se caracterizaba precisamente por su bondad. Las luces negras no eran más que una adaptación de la energía maliciosa al Mundo de los Vivos; una especie de filtro que hacía que los seres del Umbral no pudieran alterar el Mundo de los Vivos con tanta facilidad. No obstante, había seres que no respetaban norma alguna y abusaban de su poder para hacer cumplir su voluntad; seres que nunca deberían regresar al Mundo de los Vivos.

—¿Estás segura de eso?

Camille asintió.

—Ojalá te equivoques.

CAPÍTULO 12

EL INSPECTOR GARCÍA esperó con impaciencia la llegada del juez. Una vez que levantaron el cadáver y se lo llevaron al depósito forense, dio la orden de que solo se quedaran un par de coches patrulla en la zona y el resto regresaran a comisaría, a donde también se dirigió.

En cuanto a la agente del Ministerio del Interior, la agente Collado, se había marchado minutos antes de que llegara el juez, por lo que perdió la oportunidad de seguirla. No se fiaba de ella. En todos sus años de policía, no había tenido noticia de que el Ministerio del Interior tuviera un cuerpo de agentes propios y mucho menos que interfirieran en investigaciones abiertas.

Por ello, nada más llegar, fue al despacho del comisario Mendieta y le preguntó si tenía constancia de que el Ministerio del Interior estuviera interesado en el caso del asesinato de la mujer. La expresión retorcida del comisario fue la respuesta.

—¿Una agente? ¿El Ministerio del Interior? ¿De qué está hablando, inspector?

—Ha estado esta mañana en el piso de la víctima.

El comisario no escondía su asombro.

—¿Y qué quería?

—Ha estado realizando preguntas y recogiendo información. Por un momento pensé que iba a quedarse con el caso, pero simplemente se ha ido —dijo Enrique.

—No sé qué decirte. No tengo contactos en el Ministerio, pero sí conozco a un delegado territorial que nos podría echar un cable. Le preguntaré por esa agente…

—Collado. Agente Collado. Es una mujer rubia, de ojos azules, piel muy blanca y en torno al metro setenta.

Mendieta anotó todo en una hoja.

—A ver si este hombre puede ayudarnos, aunque ya te adelanto que no se dará mucha prisa. Así son los políticos, tardan mucho tiempo en hacer las cosas para después decirte: «¡Mira todo lo que he tenido que esforzarme por ti!».

—No es problema. Solo es por conocer sus intenciones. Además, con el caso tengo tarea de sobra —dijo el inspector.

—Me han contado un poco. La cosa está fea, ¿no?

—No es que esté fea, comisario, sino que carece totalmente de sentido. Hay varios elementos en el asesinato de esa mujer que no tienen explicación. Desde las heridas que presenta, los golpes que escucharon los vecinos, la huida del asesino…

—¿Cabe la opción de que se tratara de un suicidio?

El inspector negó con la cabeza.

—Imposible. Cuando vea las fotografías del cuerpo, lo comprenderá.

CAPÍTULO 13

EL SEÑOR FUKUDA asintió satisfecho cuando Hiro le dio la noticia de que los españoles habían llegado y esperaban en el jardín a que saliera a recibirlos.

—¿Cómo son? Ya sabes a lo que me refiero —dijo el anciano mientras estiraba con esmero su traje frente al espejo. Hiro se tomó unos segundos para pensar bien la respuesta.

—Diría que la palabra que mejor los define es «ansia». Conocen la manera de ganar mucho dinero, pero quieren hacerlo cuanto antes. No asumen que este proceso requiere cierto tiempo para que podamos asentar el negocio.

—Sé de lo que estás hablando. Los españoles son pasionales y confunden la valentía con la temeridad, pero pueden ser muy útiles en los negocios si los tenemos de nuestro lado.

Hiro apoyó las palabras de su superior, pero aun así insistió en aquella cuestión.

—Lo que me preocupa es que les hayan informado mal. En mi opinión, creo que han interpretado que su única parte en todo esto es hacerse con las piezas originales y traerlas hasta Japón. Los he escuchado hablar de dinero y de cifras rocambolescas.

Estas palabras de Hiro preocuparon más al señor Fukuda,

que arqueó los labios, siempre amparados por su fino bigote.

—Avariciosos también. ¿Quién es el jefe?

—Un tal Jaime —dijo Hiro señalando a través de la ventana—. Es ese de ahí. Creo que es el único que habla inglés, ya que los otros solo han hablado en español.

El señor Fukuda analizó a aquel hombre desde la distancia. Por su experiencia, sabía que cuando el dinero estaba de por medio, todos, salvo uno mismo, podían convertirse rápidamente en enemigos.

—Pese a lo que pueda parecer, no quiero que ninguno de nuestros hombres murmure sus opiniones en japonés. Los españoles pueden ser muy astutos y una simple frase malentendida podría echarlo todo a perder. Nadie habla, solo yo.

La reunión tuvo lugar en el porche trasero de la residencia del señor Fukuda, bajo la fresca sombra de un cerezo. Ese árbol, normal y corriente para cualquier otra persona, tenía un gran valor para el anciano. De alguna manera, creía que su suerte estaba ligada a la del árbol. Era tal su obsesión por este que en las largas conversaciones que solía empezar con él solo obtenía por respuesta el silencio o, como mucho, el rumor de las hojas. Nadie entendía su actitud con el cerezo, pero tampoco se atrevían a preguntarle.

Hiro salió de la habitación en primer lugar y desde las escaleras transmitió la orden al resto de hombres del señor Fukuda. No le hizo falta pronunciar ninguna palabra. Simplemente, puso el dedo índice sobre los labios y movió apenas la cabeza de un lado a otro. Todos comprendieron que nadie debía abrir la boca en presencia de los españoles.

El señor Fukuda y Jaime, quien encabezaba a los españoles, se estrecharon la mano con respeto antes de dirigirse al porche. El señor Fukuda supo interpretar bien el papel de oriental sonriente y complaciente, sin embargo, atisbó un brillo de desconfianza en los ojos de Jaime. Este era veinte o treinta años más joven, vestía con ropa de marca, pero resultaba vulgar y hacía un gesto continuo con los labios que el señor Fukuda despreció desde el primer instante que lo vio. Tal y como le había comentado Hiro, ese tal Jaime hablaba inglés, pero de una manera brusca y alzando la voz como si así fuera más sencillo comprenderlo.

—Bueno, señor Fukuda, tengo entendido que tiene a su servicio a una compatriota. Esa experta de arte, ¿cómo se llama?

El anciano se sorprendió de lo directo que era el español. Apenas se habían acomodado cuando ya iba directo al grano.

—Las noticias vuelan por lo que veo. —En ese momento, la sonrisa desapareció del rostro del señor Fukuda. Era cierto que los españoles eran sus socios y que de ellos dependía el tráfico de obras desde Europa para su posterior falsificación en Japón, pero no le gustaba que supieran más de lo necesario.

—Estamos juntos en esto, señor Fukuda. Ambas partes hemos de confiar en la otra. ¿Está de acuerdo?

Los hombres del anciano se miraron de reojo, señal inequívoca de la creciente tensión. Los españoles también advirtieron el gesto tras los ojos rasgados de los japoneses. Solo Jaime y el señor Fukuda se mantenían en calma.

—Totalmente. Esa mujer, su compatriota, como dice, está en buen recaudo y trabajando ya en algunas de las obras realizadas por los falsificadores. Quizás le interese saber que hasta el momento las ha dado todas por buenas.

Los ojos de Jaime se abrieron de par en par ante lo que acababa de escuchar. Las obras a las que se refería el anciano habían sido copiadas por el equipo de falsificadores del señor Fukuda. El visto bueno de la experta de arte era la señal inequívoca de que el negocio podía salir adelante.

—Eso significa…

—Eso significa —interrumpió el señor Fukuda— que las piezas cuentan con la verificación de una profesional de renombre internacional que permitirá venderlas a un precio desorbitado. Todos salimos ganando, Jaime.

CAPÍTULO 14

Nuria observaba la ciudad de Tokio desde la ventana de su habitación. Continuaba hospedada en el hotel que le había reservado el señor Fukuda, donde podía acceder a todos los servicios de manera gratuita. En cuanto a la habitación, era del doble de tamaño que la casa de su madre y la mejor en la que había estado con diferencia. Tenía varias estancias, dos cuartos de baño, sauna, piscina privada y toda clase de lujos que iban desde algodón egipcio a botellas de agua con partículas de oro.

Llevaba un par de semanas en Japón. Había tenido la oportunidad de trabajar con las primeras obras de arte recopiladas por el señor Fukuda. Para su sorpresa, el anciano le aseguró que había establecido los contactos necesarios en el Viejo Continente para establecer un flujo constante de obras. Se suponía que estas iban a ser expuestas en distintos museos de Japón, pero ella nunca había tenido la oportunidad de visitar las exposiciones, ya que solía tener trabajo que hacer o se celebraban en ciudades lejanas. Hiro, el joven que la había recogido en el aeropuerto, acababa de convencerla de que lo mejor era permanecer en Tokio.

Contemplando cómo la ciudad se extendía hasta más allá del

horizonte, se acordó de su madre. Llevaba tiempo prometiéndole que pronto la acompañaría a sus viajes, y quizás lo hubiera hecho en este si no hubiese sido a un país tan lejano, por lo que sentía un poco de remordimientos. Años atrás, viajar no le resultaba ningún problema, pero con el tiempo cada vez le gustaba menos ir de un lugar a otro.

Se giró y fue en busca del móvil que le había entregado Hiro, el joven que trabajaba para el señor Fukuda. Este le había asignado una tarifa que le permitía llamar a cualquier parte del mundo; la factura, por supuesto, corría de su parte. Marcó el número de teléfono y esperó la señal. Fue entonces cuando recordó la diferencia horaria, pero ya era tarde.

—¿Quién es? —contestó la madre de Nuria.

—¿Mamá? ¿Puedes oírme?

—¿Nuria? Oh, ¿cómo estás?

—Bien, estoy bien. ¿Qué hora es en España? ¿Te he despertado?

Marga Estrada dejó escapar una carcajada.

—No. Aquí son las dos de la tarde. ¿Qué hora es allí?

—Las nueve casi. ¿Cómo te va? —preguntó Nuria. A pesar de que se había pasado los últimos años viajando de un lugar a otro, desde que llegara a Japón experimentaba una nostalgia atípica. Había momentos en los que deseaba regresar a su país, tomarse unas buenas vacaciones y quizás guardar la maleta de una vez por todas.

—No me puedo quejar. Estoy preparándome un poco de estofado.

—Qué rico —dijo Nuria, salivando ante el recuerdo del delicioso sabor.

—Te enviaría un poco si pudiera. ¿Estás comiendo bien?

—Oh, sí. La comida japonesa… en fin, ya sabes, pero aquí en Tokio puedes encontrar comida de cualquier rincón del mundo. Incluso hace un par de días me comí una paella. Arroz amarillo más bien.

—Vaya, vaya. ¿Y el trabajo cómo va?

La sonrisa de Nuria se esfumó.

—No puedo quejarme. El señor Fukuda sabe moverse y está consiguiendo muchas obras de arte. Incluso, de algunas de ellas solo había oído hablar vagamente. Estoy disfrutando mucho la experiencia.

—Me alegro por ti. Dime, ¿sigues trabajando a solas o te han asignado un compañero?

—Sigo sola, mamá.

—Lo digo porque así por lo menos podrías conocer a alguien. ¿O ya tienes amigos?

Nuria cabeceó ante la insistencia de su madre. En el fondo, esta deseaba que su hija se casara y tuviera niños cuanto antes. No podía evitarlo, formaba parte de su ADN y por mucho que alabara la vida que llevaba su hija, lo tomaba más bien como una fase que como su vida en sí.

Continuaron hablando un buen rato, compartiendo su vida a miles de kilómetros de distancia, poniéndose al día. Pese a los viajes de Nuria, madre e hija mantenían muy buena relación y hablaban casi a diario. Al rato, después de colgar el teléfono, Nuria se acercó hasta su portátil. En el navegador buscó el precio de los billetes de avión con destino a Barcelona. Durante unos segundos el puntero del ratón estuvo sobre el botón de «comprar».

CAPÍTULO 15

El señor Fukuda mantenía un riguroso silencio mientras observaba la extensión de los jardines de su residencia. Necesitaba reflexionar. Lo acompañaban Hiro y Kirai, otro de sus lugartenientes, especialmente violento e iracundo, pero con una firme fidelidad al señor Fukuda. Al anciano le gustaba rodearse de ambos porque los consideraba polos opuestos. De hecho, rara vez coincidían en una cuestión.

—Esos españoles… —murmuró el anciano mientras golpeaba el suelo con el bastón. Hiro y Kirai se miraron. Ambos habían estado presentes en la reunión y fueron testigos de la desfachatez de sus socios europeos. En el mundo criminal se les conocía como «los picassianos», ya que todos sus negocios estaban relacionados de alguna manera con el mundo del arte: tráfico ilegal de obras, robo de piezas artísticas, falsificaciones, tráfico de drogas oculta en esculturas, todo un sinfín de artimañas relacionadas con el arte que les había hecho expertos en el sector y conocidos internacionalmente.

Jaime Horteza era el hijo del verdadero capo, Fernando Horteza, ya anciano y reticente a tratos con extranjeros. Este se había quedado ya en un segundo plano, controlando los pequeños negocios de ámbito local mientras su hijo Jaime se encargaba de los grandes tratos internacionales. Él deseaba demostrar que era igual o mejor que su padre.

—Han traído consigo varios cuadros y quieren ser remunerados de inmediato —dijo el señor Fukuda. No miraba a nadie al hablar, pero que expresara sus palabras en voz alta era señal de que buscaba consejo.

—Los españoles no son muchos y no creo que puedan buscar ayuda —dijo Kirai luciendo una macabra sonrisa, donde destacaban varias piezas de oro. Sus intenciones quedaban claras desde el primer momento. Llevaba la violencia en la sangre y no sabía afrontar los problemas de otra manera. Tan solo le haría falta una señal y se encargaría de hacer desaparecer el problema.

El señor Fukuda, que detestaba la violencia si no era estrictamente necesaria, movió la cabeza de un lado a otro.

—Eso puede acarrearnos muchos problemas. En este momento son la puerta por la que pueden entrar la mayoría de las obras procedentes de Europa. Si acabamos con ellos, nadie querrá hacer negocios con nosotros o nos exigirán comisiones abusivas.

Hiro dio un paso al frente.

—Ese Jaime insistió en conocer a la señorita Estrada, ¿cuál cree que son sus intenciones?

El señor Fukuda encogió los hombros.

—Eso también me preocupa. Nuestros falsificadores trabajan para el mejor postor, por lo que puede que la intención final de los españoles sea eliminarnos del proceso para incrementar sus beneficios. Sin embargo, necesitarían que alguien verificara las copias para que pudieran venderse en el mercado.

—Eso significa que no pueden acercarse a la señorita Estrada —dijo Hiro.

—Sería un error imperdonable por nuestra parte —afirmó el anciano con gravedad. En su interior, trataba de pensar en qué momento su posición se había vuelto tan vulnerable. Quizás había sido un fallo suyo por subestimar a esos malditos picassianos. Esos hombres estaban en aquellos momentos caminando libremente por Tokio, urdiendo sus planes, preparando sus próximos movimientos.

—¿Cuáles son sus órdenes? —preguntó Kirai.

—Contención —respondió el anciano—. Es lo mejor que podemos hacer por el momento. ¿La señorita Estrada continúa en el hotel?

Hiro asintió.

—Hay que sacarle de ahí lo antes posible —continuó el señor Fukuda—. Hiro, quiero que la lleves a una de mis residencias al norte de Tokio. Se trata de una gran finca con dos casas en su interior. Tú vivirás allí con la señorita Estrada y vigilarás cada uno de sus movimientos. Enviaré también a un par de hombres para que vigilen el perímetro, aunque no será nada del otro mundo. No podemos arriesgarnos a que esa mujer se asuste. Sin ella, las copias apenas tendrán valor y no sería rentable traer los originales desde Europa.

CAPÍTULO 16

A Hiro no le hizo falta mucha palabrería para convencer a Nuria de su traslado. Le comentó que el señor Fukuda era propietario de una casa donde ella estaría más cómoda y donde incluso podría establecer su propio despacho para facilitarle el trabajo con los cuadros.

—Dispone también de un bonito y amplio jardín donde podrá pasear o practicar deporte. En definitiva, mucho mejor que una habitación de hotel.

Nuria sonrió y se sintió aliviada. En los últimos días había experimentado una cierta claustrofobia al encontrarse entre las paredes de esa habitación. Por muy lujosa y espaciosa que fuera, no era más que la simple habitación de un hotel. Además, estaba agotada de la excesiva cordialidad del servicio, a los que tenía que saludar cada vez que entraba o salía.

Apenas tardó unos minutos en hacer las maletas y tenerlo todo preparado para trasladarse. Hiro la estaba esperando en el vestíbulo del hotel, junto a dos hombres más que se hicieron cargo de las maletas y las llevaron hasta el coche sin pronunciar ni una palabra.

—¿Quiénes son? —preguntó Nuria al fijarse en el rostro duro

de aquellos hombres. Uno de ellos era Kirai, que ocultaba sus ojos tras unas gafas de sol de tamaño minúsculo en comparación con su enorme cara.

—Empleados del señor Fukuda. Vendrán con nosotros en otro coche hasta la casa para asegurarse de que está todo en orden.

Los dos hombres, como si no entendieran inglés, introdujeron su equipaje en el maletero, le dedicaron una sonrisa a la mujer y se dirigieron al vehículo que había justo detrás. Nuria sintió un escalofrío. No parecían simples trabajadores. Desde luego, no eran ejecutivos comunes.

—¿A qué te refieres con que esté todo en orden? —preguntó con el ceño fruncido.

Hiro advirtió que sus palabras no habían sido las más adecuadas. En ocasiones se olvidaba de la perspicacia de Nuria. Hablar en otro idioma tampoco ayudaba.

—Discúlpame, quizás no me he expresado correctamente. Lo que quería decir es que estos hombres son operarios, empleados, ¿se dice así en inglés?

Él pensó que la excusa del idioma podría hacerle salvar la situación. Nuria cayó en su trampa y se mostró más relajada.

—Sí, claro.

La residencia del señor Fukuda al norte de Tokio se encontraba a una hora de camino, siempre y cuando el tráfico fuera fluido por la autopista. El trayecto fue bien distinto del que tuvo lugar semanas antes, cuando Nuria puso sus pies por primera vez en Japón. En esta ocasión, Hiro se mostró más locuaz, puede que hasta más de lo que él mismo esperaba.

—¿Te sientes cómoda en Japón? —preguntó Hiro aprovechando que se habían detenido bajo un semáforo.

—Bueno, es muy diferente a todo lo que había visto antes. Supongo que tengo que acostumbrarme. ¿Tú eres de Tokio?

Hiro movió la cabeza de un lado otro.

—Vivo aquí desde hace años, pero soy de un pequeño pueblo

llamado Mizukami, al sur del país. Allí no había mucho futuro, así que decidí salir para buscarme la vida. No todo en Japón son grandes ciudades y tecnología, también hay pequeños pueblos en los que nunca pasa nada.

—¿Y cómo conociste al señor Fukuda? Me da la sensación de que se trata de un hombre de negocios muy importante. Le respetan mucho.

—Así es, el señor Fukuda tiene empresas por todo el país. Cuando llegué a Tokio, comencé a trabajar en una de ellas y tuve la inmensa fortuna de conocerlo en una de sus visitas de reconocimiento. Insistió mucho en ascenderme. Le caí en gracia, supongo. Mantuvimos el contacto hasta que al final me convertí en uno de sus hombres de confianza.

Nuria asintió. Le pareció una historia peculiar, pero no sospechó en absoluto de las mentiras que se escondían detrás. En efecto, Hiro había dejado su pequeño pueblo del sur del país y se había trasladado a Tokio, aunque los motivos que lo llevaron a tomar tal decisión eran bien diferentes de los que le había contado a Nuria. Desde muy joven había estado metido en problemas y ya en la adolescencia comenzó a traficar con alcohol y otras sustancias. Estas actividades acabaron originándole problemas con las autoridades, lo que motivó a que finalmente dejara atrás su vida en Mizukami y se mudara a Tokio a probar suerte. En la ciudad tenía algunos contactos y pudo comenzar a trabajar para algunos clanes yakuzas. Hiro era hábil y sabía moverse muy bien por los bajos fondos, lo que pronto llamó la atención del señor Fukuda, que lo puso bajo su mando. El joven no tardó mucho en destacar por su astucia.

CAPÍTULO 17

AL FINAL, el viaje hasta la casa del señor Fukuda se prolongó durante casi una hora. En ese tiempo, Hiro y Nuria mantuvieron una conversación continua en la que conocieron muchas cosas el uno del otro. De repente, no se veían como extraños o como meros empleados del señor Fukuda, sino como algo que no sabían definir.

Nuria había pasado muchos años centrada en su trabajo y viajando de un lado a otro, por lo que, a pesar de que conocía a muchas personas, se había acostumbrado a la soledad. Hiro, por su parte, había llevado una vida en la que ser desconfiado era fundamental para estar a salvo, por lo que jamás había llegado a intimar con una persona como lo estaba haciendo en ese momento con Nuria.

Cuando Hiro anunció que habían llegado a su destino, ambos fingieron alegría con una sonrisa que escondía lo que verdaderamente sentían en aquel momento. Los dos deseaban que la casa del señor Fukuda se hubiera encontrado a cientos de kilómetros y que la conversación se hubiera prolongado durante horas.

Nuria se bajó y esperó que los dos supuestos operarios del anciano se hicieran cargo de las maletas, sin embargo, estos, tras bajarse del vehículo, avanzaron hacia la casa y la dejaron desconcertada. Parecían apresurados.

—¿Hacen el trabajo a medias? —preguntó Nuria a Hiro. Este sabía que lo que realmente estaban haciendo era comprobar que no hubiera ninguna sorpresa desagradable: trampas, bombas, un sicario... Por esa razón, Hiro continuaba en el interior del coche con el motor encendido, preparado por si tenían que huir. El plan b era dirigirse hacia el norte del país.

—No te preocupes. Quieren asegurase de que está todo a la perfección antes de que entres. Cumplen órdenes directas del señor Fukuda.

—Si tú lo dices —contestó Nuria.

Esperaron unos minutos hasta que, transcurrido ese tiempo, salieron los dos hombres de la casa e hicieron un gesto a Hiro, que a su vez asintió con una sonrisa.

—Está todo en orden. Bienvenida a tu nuevo hogar.

Desde el exterior apenas podía vislumbrarse todo lo que se escondía al otro lado. El seto que rodeaba la casa actuaba como muralla infranqueable para la vista. Por eso, una vez que lo dejaron atrás, Nuria se quedó boquiabierta. Ante ella se levantaba una gran casa de estilo japonés, rodeada por decenas de árboles que aportaban un agradable frescor al ambiente.

—El señor Fukuda tiene en gran estima este lugar. Considéralo una muestra absoluta de su confianza —dijo Hiro. Sin embargo, Nuria no podía articular palabra. La casa consistía en una gigantesca pagoda que se integraba a la perfección en el verdor que la rodeaba. Pero lo más espectacular era el lago que había al otro lado, justo en el centro de la finca, y que separaba esa casa de una más que había en la otra orilla.

—¿Quién vive ahí? —preguntó Nuria—. ¿El señor Fukuda?

Hiro se metió las manos en los bolsillos.

—Yo ocuparé esa casa mientras estés aquí. Como puedes ver, es una finca muy grande y el señor Fukuda no quiere que se quede sola.

Nuria no pudo evitar sonreír ante la idea de tener a Hiro tan cerca, pero, por otro lado, no comprendía del todo la preocupación del anciano.

—¿Acaso es un lugar peligroso?

—No, en absoluto. En cuanto a mí, no te molestaré en ningún momento ni tampoco me verás. Simplemente estaré allí enfrente por si necesitas cualquier cosa —afirmó Hiro señalando hacia la casa que había en la otra orilla del lago.

Nuria se esforzó por controlar la sonrisa que le pedían sus labios.

—No quiero causarte más molestias. No sé cuánto tiempo voy a estar en Japón, en fin, tendrás tu esposa o tu familia.

—Mi familia vive en Mizukami, y en cuanto a mi esposa, me gustaría conocerla.

Nuria se rio a carcajadas.

—Entendido, Hiro. Pero aun así no quiero causarte molestias.

—Te aseguro de que no lo haces. Esto será para mí como unas vacaciones —dijo Hiro con una sonrisa.

Segundos más tarde, ambos estaban riendo más todavía. Hiro le enseñó la casa y el resto de la propiedad mientras Kirai, que ya había descargado las maletas, caminaba siguiendo el seto exterior, de más de dos metros de altura y en cuyo interior se escondía una valla repleta de garfios y filos cortantes. Si algún desgraciado intentaba saltarla, acabaría en el hospital o en el cementerio.

Quería asegurarse de que la valla no había sido cortada en ningún punto. Mientras lo hacía, no podía evitar mirar de reojo a la europea y a Hiro, que parecían llevarse muy bien, «demasiado bien». Después de comprobar que todo el perímetro estaba en buen estado, observó el funcionamiento de las cámaras de seguridad. Cada esquina de las dos casas contaba con una cámara, por lo que no quedaban rincones ciegos. Aun así, varios árboles contaban también con cámaras para cubrir toda la zona del jardín con mayor precisión y además había sensores de proximidad que se activaban si alguien pasaba a varios metros de ellos.

Una vez que terminó de comprobar la seguridad, fue en busca de Hiro, que en ese momento estaba con Nuria en el pequeño embarcadero del lago.

—¡Hiro! —gritó. Este dejó a la europea y se acercó a él.

—¿Qué ocurre?

—Todo está en orden. Un par de hombres custodiarán el exterior y otros vigilarán las cámaras las veinticuatro horas del día. No podemos aumentar la seguridad para no llamar la atención. En la planta baja de ambas casas hay armarios con armas. Esta es la llave que los abre —dijo Kirai—. Las puertas de los armarios tienen un sensor. Si se abren, se activa la alarma y estaremos aquí en dos minutos. Así que no lo abras a la ligera. ¿Entendido?

—Todo claro —dijo Hiro volviéndose ligeramente hacia Nuria, que continuaba en el embarcadero.

—¿Te encargarás de tu trabajo? Te veo distraído. —Kirai hizo un ademán hacia la joven.

—¿Qué quieres decir? ¿Con Nuria? —Hiro sonrió—. Oh, vamos, solo cumplo con las órdenes del señor Fukuda. Pretendo que esté cómoda. Es una mujer muy inteligente. Si queremos que no sospeche, tenemos que hacer que se sienta a gusto. Solo eso.

CAPÍTULO 18

EL SEÑOR FUKUDA se despidió de Kirai con un apretón de manos y regresó a la soledad de su despacho. El atardecer de Tokio regalaba en esos momentos un cielo anaranjado. Se encendían las primeras luces de la ciudad.

—Hiro... —susurró incómodo. La experiencia le había hecho saber que los problemas nunca vienen solos. Habían pasado pocas horas desde que mantuviera una conversación telefónica con Jaime Horteza. Los españoles continuaban con sus exigencias y no estaban dispuestos a ceder. Además, seguían insistiendo en conocer a la mujer que verificaba las copias falsificadas, lo incluían dentro de sus puntos innegociables. Quizás pretendieran ofrecerle una suculenta suma para que trabajara con ellos directamente, sin embargo, él sabía que Nuria se marcharía de inmediato en cuanto fuera consciente de lo que formaba parte. Era una joven honrada y amaba el arte por encima de cualquier otra cosa, incluido el dinero. Puede que además los denunciara a las autoridades si conociera la verdad, lo que significaría tener que acabar con ella. Era cierto que el señor Fukuda tenía en gran estima a la joven, pero no estaba dispuesto a arriesgar su libertad por ella. Nuria le era de un valor inestimable y, mientras continuara siendo así, cuidaría de ella con recelo.

Por eso no le gustó lo que Kirai le acababa de contar. El señor Fukuda era consciente de que Kirai era un hombre rudo y de escasa inteligencia, pero su simpleza le permitía observar las cosas tal y como eran, sin suposiciones ni nada por el estilo: era directo. Esto significaba que si él había visto una relación «anómala» entre Hiro y Nuria, realmente había sido así. Sin embargo, era algo que extrañaba mucho al señor Fukuda. Hiro era muy inteligente y sabía que todo lo relacionado con los negocios debía estar libre de sentimientos, ya que estos son como el óxido y los acaban corroyendo. Lo conocía muy bien para saber que, si Hiro sentía algo por esa joven, no permitiría que nadie le pusiese una mano encima. No le preocuparía si fuera Kirai o cualquier otro el que flirteara con la joven, pero Hiro era diferente: si el anciano lo mantenía a su lado era porque intuía su independencia innata, su capacidad para oler la debilidad y su total predisposición a enfrentarse con el mundo si hiciera falta. No le temblaba el pulso en ninguna circunstancia. Si los sentimientos de Hiro hacia la joven fueran sinceros, aniquilaría a todo aquel que supusiera una amenaza; sin distinción.

CAPÍTULO 19

Habían pasado varios días desde que Nuria dejara el hotel y se trasladara junto con Hiro a la residencia del señor Fukuda. El cambio le había sentado bien, no solo porque ya no se pasaba tantas horas en la habitación de un hotel, sino porque tenía a alguien con quien hablar, jugar a las cartas o pasear por el jardín. De hecho, una vez que terminaba de trabajar con los cuadros, avisaba a Hiro para pasar el rato juntos.

—¿El lago es natural? —preguntó Nuria en una ocasión que paseaban por el jardín.

—Lo mandó construir el señor Fukuda cuando compró la propiedad —dijo Hiro.

—Vaya, ojalá yo un día también pueda construir mi propio lago.

Hiro soltó una carcajada.

—Tengo entendido que trabajo no te falta. Según me ha dicho el señor Fukuda, gozas de mucho prestigio en el mundo del arte.

—El prestigio no paga las facturas. Los expertos en arte no solemos cobrar mucho. Quizás dentro de unos años me convierta en empresaria como el señor Fukuda. A parte del arte, ¿a qué otras cosas se dedica?

La pregunta pilló por sorpresa a Hiro, que borró la sonrisa del rostro y bajó la mirada.

—Negocios, ya sabes. Compra, vende…

Nuria arqueó las cejas.

—¿Qué clase de respuesta es esa? —dijo divertida—. ¿De verdad no sabes realmente a lo que se dedica tu jefe?

Hiro estaba avergonzado por su error. La confianza que tenía con Nuria lo había hecho relajarse demasiado y perder el control de la conversación. Tenía que decir algo, pero no sabía qué. Nunca se había relacionado con una mujer tan inteligente como Nuria y eso le ponía todavía más nervioso.

—Son negocios muy complejos. Tiene empresas de todo tipo.

—Dime una —insistió Nuria—. Es solo curiosidad.

Hiro buscó la respuesta mirando a su alrededor, como si alguno de los árboles fuera a echarle un cable. Aquella mujer era capaz de embarrullarle los pensamientos con una facilidad pasmosa.

—¿Hiro?

—Verás, puede que en Europa las cosas sean distintas y habléis de estas cosas con más naturalidad, pero no me siento cómodo hablando del señor Fukuda. Él es mi superior, le debo fidelidad y respeto, y eso implica no decir ni una palabra más de lo que él ya ha dicho. No sé si me comprendes. Esto no significa que no confíe en ti, es algo más bien personal.

Nuria se sorprendió en un primer momento, pero no tardó en entender que la cultura japonesa era radicalmente distinta. Sabía poco del país nipón, pero sí lo suficiente como para aceptar que las cosas funcionaban de una manera diferente a como lo hacían en Europa.

—Claro. En ese caso, discúlpame. A veces puedo ser muy insistente.

Hiro experimentó una sensación extraña en su interior, a la altura de la boca del estómago, como si una llama se hubiera prendido: una llama cálida y agradable.

—No tienes que disculparte. Puede que la culpa haya sido mía por no explicarme correctamente.

—Vale, ¿y si la culpa es de los dos? ¿Qué me dices? ¿Hay trato?

—¡Culpable! —dijo él.

—¡Culpable! —dijo ella.

Rompieron a reír a la par que seguían caminando. Sin darse cuenta, la distancia que habían mantenido hasta entonces se había reducido de tal manera que sus manos chocaban de vez en cuando.

CAPÍTULO 20

Lo común era que, una vez oscurecía, Hiro se marchase a la casa del otro lado del lago y Nuria se quedara en la residencia principal. Sin embargo, al cabo de varias noches, la nueva costumbre fue que cenaran juntos y vieran la televisión, momento en el que Hiro le hacía de traductor.

Pasaban un buen rato antes de que Hiro regresara, ya de madrugada a la otra orilla del lago. Nunca había experimentado una sensación similar a lo que estar cerca de Nuria le producía. Todos los problemas y los malos recuerdos de su pasado se esfumaban y ella se situaba como la protagonista de sus pensamientos. Hecho a sí mismo desde que era un niño, Hiro tenía la ambición intrínseca de ambicionar siempre un poco más y era capaz de cualquier cosa para conseguirlo. En cambio, con Nuria, sentía que ya lo tenía todo; que el dinero, el poder y cualquier otra cosa eran absurdos comparados con ella.

Tan abstraído estaba que ni siquiera cayó en la cuenta de que sus movimientos dentro de la propiedad del señor Fukuda quedaban grabados por las cámaras, las cuales Kirai reproducía todas las mañanas al triple de velocidad para cerciorarse de que no ocurría nada extraño. La situación con los españoles era cada vez peor y la tensión en el ambiente era patente. Sin embargo, al visualizar las grabaciones acabó de confirmar sus sospechas respecto a Hiro y su relación con la europea.

Por ello, esa misma mañana le mostró al señor Fukuda las grabaciones en las que se veía a los dos jóvenes en actitud cariñosa e incluso a Hiro saliendo en plena madrugada de la residencia de Nuria Estrada. El anciano se mostró impertérrito mientras observaba las imágenes.

—¿Hay indicio alguno de que los españoles sepan dónde se encuentra la señorita Estrada? —preguntó el señor Fukuda como si la cuestión de Hiro fuese insignificante. No lo era, desde luego, pero era una cuestión de prioridades.

Kirai movió la cabeza de un lado a otro.

—Los españoles son pocos y no se sienten muy cómodos en el país. No creo que intenten nada a la desesperada. Aunque así fuera, en la residencia donde se encuentra la europea no hay indicio alguno. Los muchachos que tenemos vigilando el perímetro tampoco han reportado nada fuera de lo común.

El señor Fukuda asintió solamente. Después hizo un leve gesto con la mano para que Kirai le dejara a solas.

Cuando ya estuvo solo en su oficina, se apoyó en su bastón para levantarse y caminó de un lado a otro del despacho. De repente, en un arrebato de furia, golpeó una pequeña estatua que había sobre una mesita: una réplica de un guerrero samurái que se hizo pedazos. También cayó al suelo una pequeña daga que había pertenecido a su familia desde hacía cinco generaciones.

—¡Estúpido! —gritó. El motivo de su enfado no era otro que él mismo. La europea llevaba casi dos semanas enclaustrada en su residencia del norte de Tokio. Allí le había dispuesto una amplia estancia para que la convirtiera en su zona de trabajo. Un par de días a la semana le hacía llegar las falsificaciones, sobre las que trabajaba durante varias jornadas. En la mayoría de las ocasiones, las copias eran tan perfectas que la joven las tomaba por buenas y les daba la ansiada verificación. Tan solo había rechazado dos obras, ya que, según ella, había trazos que no coincidían con el estilo al que pertenecían.

Pero lo que más le enfadaba era que había estado ciego desde que trasladara a Nuria a aquella residencia. En ningún momento la joven había intentado salir, ni se había cuestionado nada del peculiar sistema de trabajo que le impuso. Era evidente que todo eso se debía a la relación que mantenía con Hiro y que hubiese permanecido inexistente para él de no ser por Kirai. Mantenía una conversación telefónica con Hiro cada dos o tres días y él no le había comentado nada.

Suspiró. Había cometido un error, pero iba a solucionarlo. Más calmado, con la idea clara de lo que tenía que hacer a continuación, se acercó a su mesa y descolgó el teléfono.

—Quiero que preparen uno de mis coches para dentro de veinte minutos.

—Por supuesto, señor Fukuda. ¿Es un viaje largo? ¿Necesita cualquier otra cosa?

—Solo es una visita a una de mis residencias del norte. No tardaremos mucho.

Cuando colgó, se recostó sobre el asiento y cerró los ojos. Meditar le aclaraba las ideas.

—Tienes mucho que contarme, Hiro.

CAPÍTULO 21

Una llamada despertó al inspector García a las seis y media de la mañana. Se había producido otro asesinato. Enrique no se sorprendió. Barcelona era cada vez una ciudad más grande, con más habitantes y, por lo tanto, más probabilidades de que se mataran los unos a los otros. No obstante, lo que Enrique no terminaba de comprender era por qué lo llamaban a él cuando había otros compañeros de servicio.

—Orden de Mendieta —respondió el agente a su pregunta.

Enrique se incorporó de inmediato.

—¿El comisario está en la escena del crimen? ¿A quién han asesinado?

—No es lo que piensa. Dejó establecido un protocolo en caso de que hubiera más asesinatos.

El inspector frunció el ceño.

—¿Qué clase de protocolo?

El agente suspiró antes de contestar. El comisario Mendieta había establecido que, si se producía otro asesinato con similitudes al de la señora Estrada, el inspector Enrique García quedara designado de manera automática para encabezar la investigación. Una orden interna de la que Enrique no tuvo conocimiento hasta ese preciso momento. Era la manera de proceder de Mendieta.

—¿Dónde ha sido?

—En el barrio de Sarrià. Le envío a su móvil la ubicación exacta, inspector.

—No tardaré más de diez minutos. Que nadie toque nada. Ni los de criminalística. ¡Nadie!

No tardó diez minutos, sino más bien veinte. El tráfico de Barcelona a primera hora le jugó una mala pasada. Sin embargo, el agente había cumplido sus órdenes y no le permitió a nadie entrar en la escena del crimen. Varios agentes, un joven al que García no había visto antes y los miembros de la brigada criminalística esperaban junto a la puerta de la propiedad: una lujosa casa ubicada en una de las mejores zonas de Barcelona. El ambiente estaba tenso.

—¿Qué significa esto, Enrique? —preguntó Ricardo, miembro de la brigada criminalística.

El agente que había custodiado la puerta respiró aliviado ante la llegada del inspector: ya no sabía qué más hacer para mantener cerrada la escena del crimen.

—Cosas mías. Quiero asegurarme de que nada ni nadie contamine la escena.

—¿Me lo dices en serio? Llevo más años de servicio que tú. ¿Crees que voy a ir limpiando los pomos de las puertas?

Enrique levantó las manos, pidiendo calma.

—No es personal, joder. Quiero asegurarme de una cosa. Un poco de calma.

Decidido, entró en el jardín de la propiedad, donde otro puñado de agentes hacía guardia.

—¿Ha entrado alguien a la casa? —preguntó el inspector.

—Nadie después de su orden.

—¿Y antes?

—Los agentes que respondimos al aviso. Mi compañero y yo

—dijo señalando al agente que tenía al lado.

Enrique asintió y se acercó a la puerta de la casa, que estaba entreabierta. La oscuridad del interior era producida por las ventanas y cortinas cerradas. Sin embargo, en aquella penumbra destacaba un bulto negro junto al suelo.

—Está ahí —dijo el agente que había entrado tras el inspector. García siguió su indicación y miró hacia aquel lugar. En cuanto sus ojos se adecuaron a la oscuridad, pudo ver con más claridad el cuerpo sin vida que tenía a sus pies. La sangre que lo cubría incrementaba la oscuridad de la figura.

—Por el amor de Dios —susurró el inspector. De uno de los bolsillos de la chaqueta sacó una pequeña linterna que encendió y dirigió hacia la víctima. Las heridas que presentaba eran terribles, salvajes desgarros en cuyos bordes había piel abrasada; las mismas heridas que presentaba el cadáver de Marga Estrada.

—Lo hemos identificado. Se llamaba Juan Alberto Flores —continuó el agente—. La propiedad estaba a su nombre. Contaba con antecedentes por tráfico de drogas, extorsión y chantaje. Estaba relacionado con un grupo criminal conocido como los picassianos, relacionados con el tráfico ilegal y la falsificación de piezas artísticas. De hecho, estos picassianos controlan gran parte de este negocio en España.

Enrique asintió mientras escuchaba las indicaciones del agente, aunque era incapaz de procesar la información en su cabeza. Toda su atención se centraba en el hecho de que las heridas de un delincuente coincidían con las de una mujer aparentemente normal, una pensionista más.

—Ya pueden entrar el resto.

Dicho esto, el inspector siguió los pasos del agente y salió al jardín. «¿Un asesino en serie?», pensó. Era improbable. No tenía ningún sentido que un criminal serial escogiera víctimas tan radicalmente distintas, sin nada en común. En el caso de la mujer, de Marga, era hasta cierto punto comprensible, pero ¿por

71

qué iba a escoger como su segunda víctima un criminal? Era un riesgo innecesario. No tenía ni pies ni cabeza.

Mientras procuraba extraer alguna conclusión coherente, el joven que había visto antes en la puerta se acercó a él.

—¿Inspector García? —preguntó con voz temblorosa.

—Si eres de la prensa, te arrestaré por haber violado el precinto policial —dijo Enrique señalando hacia la cinta de plástico que cruzaba la puerta.

—No, señor. No soy periodista. Soy el subinspector León. El comisario Mendieta me ha puesto bajo su mando para apoyarlo en la investigación de los asesinatos.

El inspector miró al joven de arriba abajo. No se lo terminaba de creer.

—¿Perdón? ¿Para apoyarme?

—El comisario Mendieta me lo comunicó ayer a última hora. No llevo mucho en la institución; es mi primer caso de asesinato.

Las palabras del novato provocaron que el inspector abriera los ojos de par en par y suspirara.

—Esto tiene que ser una broma —dijo el inspector sacando su teléfono. León agachó la mirada y dio un paso hacia atrás. El comisario ya le había advertido de la personalidad arrolladora del inspector.

—¿Comisario? Soy García.

—Me imagino que ya ha conocido a su nuevo compañero. ¿Me equivoco?

—¿Por qué? —fue todo lo que dijo el inspector.

—Nunca viene mal una ayuda, García. Tengo la intuición de que estos asesinatos van a suponer todo un reto.

—En ese caso, ¿por qué me ha asignado a un chico recién salido del paritorio? No será más que una molestia.

A García no le importaba que el subinspector estuviera delante, aunque el joven encajaba los golpes.

—No puede estar más equivocado. El subinspector León fue de los primeros de su promoción. Destacó por su capacidad resolutiva. Tiene una gran capacidad de observación. Le sorprenderá, estoy seguro. Por cierto, le pasé toda la información que tenemos acerca del asesinato de Marga Estrada, así que dele una oportunidad.

—¿Tengo otra opción?

—Me temo que no. Le será de ayuda. Confíe en mí.

CAPÍTULO 22

Camille apenas había avanzado en la investigación sobre la muerte de Marga Estrada. Realizó pesquisas tanto en el Mundo de los Vivos como en el Umbral de los Muertos, pero fue incapaz de encontrar una relación que explicara aquella muerte tan terrible.

Dos evidencias le preocupaban por encima de todo: las heridas que presentaba la víctima y la presencia de luces negras sobre la mesa. Eso implicaba que en la muerte de Marga había estado involucrado un ser del Umbral y, pese a que todavía no podía afirmar nada en concreto, su intuición le decía que no era un ser cualquiera, sino uno capaz de dejar la energía nociva de las luces: el simple hecho de pensarlo la inquietaba. Era consciente de que en el Mundo de los Vivos existían pocas armas que pudieran herir de esa manera.

—Un arma abrasadora —dijo mientras caminaba hacia el barrio de Sarrià. Había utilizado el poder de su ente para acceder a la central de comunicación de la Policía Nacional. Su intención era estar informada de si se producía un asesinato similar al de Marga Estrada.

No tuvo que esperar mucho para confirmar sus peores augurios. Otro hombre había sido asesinado. Sin embargo, a diferencia de lo ocurrido con Marga Estrada, no se había producido ninguna perturbación de energía. De esto último podía extraer una inquietante conclusión: lo que sea que cruzara la frontera que separa el Umbral con el Mundo de los Vivos seguía en este y con horribles intenciones.

Perdida en sus pensamientos, llegó hasta la casa donde se había cometido el asesinato. Había como seis coches de policía, una ambulancia y un puñado de curiosos.

—Es turno de la agente Collado —dijo Camille, que repasó fugazmente toda la información que había compartido con el inspector García. Intuía la desconfianza de ese hombre, por lo que debía cuidarse de cometer errores. Lo último que necesitaba era tener nuevos problemas.

Decidida y con paso firme, se acercó hasta la cinta policial que custodiaba la entrada y mostró sus credenciales al agente ceñudo que montaba guardia. Tal y como esperaba, las palabras «Ministerio del Interior» provocaban pavor a los agentes. Solo tuvo que atravesar la puerta exterior para encontrarse frente a frente con el inspector García.

CAPÍTULO 23

El INSPECTOR se guardó el teléfono haciendo bruscos aspavientos. Era incapaz de disimular que estaba en contra de la presencia del subinspector.

—Lamento mucho las molestias, señor, pero solo cumplo órdenes —dijo este.

—Ya veo —le respondió Enrique—. Marga Estrada. ¿Qué sabes de ella? Mendieta me ha dicho que te ha puesto al día.

El subinspector asintió, emocionado, ante la repentina oportunidad que le brindaba su superior.

—Oh, sí, me pasó el informe ayer mismo. Fue un asesinato de violencia inaudita.

—Es una buena manera de definirlo. Ha hecho los deberes.

—Además, su hija estaba desaparecida, lo que sin duda habría que tenerlo en cuenta, aunque por el momento no sé cómo encajar todas las piezas.

En ese momento, el inspector García recordó la conversación que había mantenido con uno de los vecinos de Marga, Carlos Romero. Ese joven le había mencionado que la hija de Marga era una experta en arte o algo parecido. No podía recordarlo bien, pero intuía que no iba muy desencaminado.

—¿Sabes quién es Carlos Romero? —preguntó García de repente. El subinspector centró la mirada unos segundos antes de responder.

—Creo recordar que es uno de los vecinos de Marga Estrada. Usted mismo le tomó declaración si no me equivoco.

—¡Exacto! Ese hombre me dijo que la hija de Marga era experta en arte.

El subinspector León frunció el ceño.

—¿Qué tiene eso de relevante, señor?

Enrique cayó en la cuenta de que el joven apenas sabía nada de la nueva víctima. Un oportuno pensamiento que salvó al novato de una regañina.

—Al parecer la víctima —dijo el inspector señalando hacia la casa— es un miembro de un grupo criminal conocido como los picassianos. Se dedican principalmente al tráfico ilegal de obras de arte.

—¿Cree que eso está relacionado con la hija de Marga?

—Tendremos que averiguarlo. Son demasiadas coincidencias. Por el momento, esa será tu labor. Quiero que recopiles toda la información acerca de la hija de Marga y su desaparición.

—Cuente con ello —confirmó el subinspector.

—Bien. Yo intentaré averiguar todo lo que pueda acerca de la nueva víctima. Mantendremos el…

Las palabras del inspector se apagaron en sus labios hasta desaparecer por completo. Su mirada estaba fija en una mujer que en ese momento entraba en el jardín de la residencia.

—¿Ocurre algo, señor?

Enrique asintió con gravedad.

—Quiero que llames ahora mismo al comisario Mendieta y le preguntes si ha averiguado algo acerca del Ministerio del Interior.

—Pero…

—¡Hazlo! Él sabe de lo que hablo.

CAPÍTULO 24

CAMILLE SOLO PUDO CERCIORARSE de que la nueva víctima vivía en una fastuosa casa en uno de los mejores barrios de Barcelona antes de que el inspector Enrique García la encarara. Parecía muy alterado y hasta nervioso. Resultaba evidente que su presencia allí le había desconcertado.

—Agente Collado, veo que no se pierde una fiesta.

—Es mi trabajo, inspector.

Este esbozó una sonrisa tensa.

—Y lo realiza muy bien por lo que veo. ¿Sabe si la víctima está relacionada con Marga Estrada?

Camille advirtió la jugada del inspector. Sabía que había coincidencias en la violencia que habían sufrido ambas víctimas, así como en las heridas que presentaban. Pero más allá de eso, iba a ciegas.

—Es por lo que estoy aquí, inspector.

—Puedo acompañarle a la escena si así lo desea.

—No tengo ningún inconveniente —le contestó y después miró al subinspector—. Seis ojos ven más que dos.

Así los dos se dirigieron hacia la casa, seguidos muy de cerca por el subinspector León, que esperaba que el comisario le facilitara más información acerca de la mujer. Mendieta había estado realizando preguntas la pasada tarde entre sus conocidos, especialmente a aquel delegado del Gobierno, pero por el momento nadie tenía información de aquella agente.

—Dígale al inspector García que no puedo confirmarle nada. No obstante, el asunto sigue rodando, así que espero tener respuestas pronto. ¿Acaso ha regresado la mujer?

—Está aquí. Estamos entrando a la casa en estos momentos.

—Vaya con la señorita, está bien informada. Preste especial atención. Toda precaución es poca hasta que tengamos la certeza de quién es esa mujer y cuáles son sus intenciones.

—Descuide, comisario.

CAPÍTULO 25

Nada más entrar a la casa, el inspector García estuvo más pendiente de las reacciones de la agente Collado que de la propia escena del crimen y del propio Ricardo que con su equipo forense se encontraba también trabajando allí. A lo extraño de los últimos asesinatos se añadía la presencia de esa mujer y el supuesto interés del Ministerio del Interior en la investigación. Quizás tanto Marga Estrada como la nueva víctima eran personas mucho más importantes de lo que creía en un primer momento.

—¿Qué le parece? —preguntó el inspector sin quitar los ojos de Camille. Sin embargo, esta se tomó unos segundos para contestar. Las heridas que presentaba la víctima eran terroríficas, hechas con un odio indescriptible. Al igual que con la otra mujer, la piel de las incisiones aparecía abrasada y oscurecida. Los profundos cortes habían afectado a las principales arterias, provocando que la sangre saliera a borbotones. Quien empuñó el arma estaba decidido a acabar con sus víctimas. Se fijó también en la disposición de las heridas: no coincidían con una posición fija del agresor. Era como si le hubiera lanzado las cuchilladas a lo loco, sin criterio alguno.

—Creo que hay un asesino en serie en la ciudad —contestó Camille—. Las heridas son idénticas a las de la otra mujer.

El subinspector León, impactado por la cruenta imagen, permanecía inmóvil como una estatua mientras observaba el cadáver. Había visto fotografías del cuerpo de Marga, pero nada comparado con ser testigo directo de la maldad de una persona. Las imágenes, por muy explícitas que fueran, nunca iban más allá del papel o de la pantalla. Allí, en cambio, podía apreciarse el olor de la sangre, el rigor de la muerte, la sangre salpicada por doquier. Enrique advirtió la estupefacción del novato, pero sabía que era algo que todo inspector tenía que experimentar tarde o temprano. Formaba parte de su trabajo. En cambio, el inspector se fijó en que la agente del Ministerio, aunque se mostraba seria, no estaba tan afectada.

—¿Ve algo interesante? —preguntó Enrique.

—Habría que especificar el significado de «interesante», ¿no cree? —contestó Camille.

Ricardo, el miembro de criminalística, no pudo evitar reírse.

—Ahí tiene razón la agente —dijo—. Aquí hay multitud de elementos «interesantes», García.

El inspector le mostró el dedo medio a su compañero.

Mientras tanto, los miembros de la brigada criminalística se afanaban en buscar restos del sospechoso por algunos rincones de la estancia, pero todos tenían la sensación de estar viviendo un *déjà vu*.

—El asesinato es un calco al de esa mujer —dijo Ricardo.

Enrique torció los labios ante la intervención de su compañero. Iba a contestar, pero las palabras se le quedaron en los labios, ya que la agente Collado fue más rápida.

—¿Qué arma ha podido provocar tales heridas?

Ricardo se encogió de hombros.

—No soy capaz de darle una respuesta. Todo indica que debe tratarse de una muy afilada arma blanca, lo que explicaría la violencia de las incisiones. Pero lo de carne abrasada... ¿Qué quiere que le diga? Jamás había visto algo así.

El subinspector salió de su estupor y se centró en ese último detalle. García, intrigado por averiguar más sobre el arma homicida, se dejó llevar también por la conversación.

—¿Un cuchillo al rojo vivo? —preguntó el subinspector León. Ricardo levantó la mano para indicar que ya había pensado en ello.

—Existen cuchillos eléctricos que pueden conectarse a la corriente para incrementar la temperatura de la hoja, pero es casi imposible que puedan alcanzar tales extremos —explicó Ricardo—. Por no mencionar que el agresor tendría que haber atacado a la víctima con el cuchillo enchufado. No sé si es ridículo o tiene algo de sentido.

Camille escuchaba con atención. Era consciente de que las posibilidades de que se tratara de un arma del Mundo de los Vivos eran muy reducidas.

—¿Podemos conocer su opinión, agente Collado? —preguntó el inspector.

—Poco más puedo contarles que no hayan dicho ya. No son heridas comunes.

—Ya.

Camille obvió el tono utilizado por el inspector García y dio varios pasos alrededor del cadáver antes de levantar la mirada y contemplar los cuadros que decoraban las paredes. No entendía mucho, pero creyó reconocer famosísimas piezas decorando la habitación.

—A la víctima le gustaba el arte —añadió.

—Se llamaba Juan Alberto Flores. Era miembro de una red de tráfico ilegal de arte —agregó el subinspector—. Son conocidos como los picassianos.

—Por ello, es más que probable que todas estas obras sean falsificaciones. De no ser así, ni el Museo del Prado tendría una colección de tanta categoría —dijo Enrique.

—Interesante —murmuró Camille. A diferencia del inspector, ella desconocía el detalle de la desaparición de la hija de Marga y la relación de la joven con el mundo del arte. Había centrado por completo su investigación en la muerte de Marga y todo lo que rodeaba a esta, pero no había pensado en incluir a terceras personas—. ¿Testigos?

Uno de los agentes que custodiaba la puerta intervino al escuchar la pregunta de Camille.

—Un par de vecinos creen haber oído ruidos esta madrugada, pero no hay manera de comprobar si provenían de la casa o de cualquier otro lugar.

El subinspector negó con la cabeza.

—Hay mucha distancia de una casa a otra, por no decir que las puertas y ventanas estaban cerradas. Además, en el exterior no hay ningún elemento que amplificara el sonido. Sería casi un milagro que alguien escuchara gritos de haberse producido en el interior de la casa.

El tema parecía zanjado, pero el agente tenía algo más que decir.

—No mencionaron en ningún momento que oyeran voces, sino ruidos.

—¿Qué clase de ruidos? —preguntó Camille.

—Los definieron como si arrastraran muebles muy pesados. Lamento no poder ser más concreto.

CAPÍTULO 26

Camille salió confusa de la residencia de Juan Alberto Flores. Hasta donde había podido saber, se trataba de un criminal que tenía poca o nula relación con Marga Estrada. Si un ser del Umbral estaba detrás de las muertes, ¿qué había motivado a ese ser a acabar con esas dos personas? ¿Qué nexo había entre ellas?

Caminando hacia ninguna parte, trató de ordenar sus ideas. Tenía que ir punto por punto para evitar pasar algo por alto. Lo más desconcertante eran las heridas que presentaban ambas víctimas.

—Una «infame» —dijo para sí misma. Estos solían ser objetos que habían sido usados con crueldad por los vivos, especialmente para hacer daño o matar a otras personas. Parte de esa malicia quedaba en esos objetos y, cuando su propietario fallecía, esa energía negativa dejaba también el Mundo de los Vivos y se trasladaba a los márgenes del Umbral, donde permanecían como despojos de la maldad de las almas. Sepultados en el olvido, esos objetos se podían tornar muy peligrosos cuando regresaban al Mundo de los Vivos en manos de un ser del Umbral o caían en manos de una persona con vida, ya que el paso entre ambos mundos transforma esa energía en poderes que los vivos denominan «sobrenaturales». Camille conocía los muchos ejemplos que han quedado escritos en las crónicas de la humanidad: la lanza de Aquiles, la espada de Juana de Arco, las dos espadas del samurái Miyamoto Musashi...

Solo esto podría explicar la violencia de las muertes y la peculiaridad de las heridas. Todas esas armas recibían el nombre de *infames*, ya que solían ser causantes de miles de muertes.

Pero ir tras la pista de una «infame» era muy complicado y podía prolongarse mucho en el tiempo. Se encontraba en el Mundo de los Vivos y como tal tenía que actuar. Por el momento, podía centrarse en la banda a la que pertenecía la última víctima: los picassianos, si no había oído mal. No se le ocurría qué relación podría guardar con Marga Estrada, pero no perdía nada por intentarlo.

CAPÍTULO 27

EL INSPECTOR GARCÍA no tardó mucho tiempo en abandonar la escena del crimen. Era consciente de que no iba a encontrar nada que le permitiera avanzar en la investigación. Sus esperanzas recaían en la desaparecida hija de Marga Estrada, cuya profesión podía estar relacionada con el mundo del arte.

—Se le perdió el rastro en Japón —dijo el subinspector León mientras leía el informe que le acababan de enviar a su correo electrónico. Él y Enrique se dirigían a la comisaría.

—Sí, eso ya lo sé. ¿Qué hacía allí?

—Según la declaración facilitada por la madre, su hija Nuria fue contratada por un importante empresario japonés, un tal Fukuda, para iniciar un proyecto de verificación de obras de arte.

El inspector torció el gesto.

—¿Las autoridades japonesas hablaron con ese hombre?

—En los informes consta también como desaparecido —leyó el subinspector.

—¡¿Qué?! ¿Cómo que desaparecido?

—Eso es lo que pone aquí.

En ese momento sonó el teléfono del inspector. Era el comisario Mendieta.

—¿Han descubierto algo más? —le preguntó.

—Estamos dando palos de ciego, comisario. Es todo lo que puedo decirle.

—En ese caso, permítame alegrarle el día. Tengo información acerca de Juan Alberto Flores.

—Soy todo oídos —respondió el inspector.

—Supongo que ya sabrá que ese hombre pertenece a la banda de los picassianos: tráfico de arte, falsificaciones…

—Sí, sí, lo sé, ¿la hija de Marga Estrada está relacionada con ese hombre?

—No nos consta por el momento. Lo que sí puedo decirle es que se han reportado más asesinatos de hombres que pertenecían a la banda de los picassianos.

Inspector y subinspector se miraron con emoción.

—¿Un ajuste de cuentas?

—No podemos descartarlo —respondió el comisario—. Estoy a la espera de recibir los informes. Se los enviaré en cuanto los tenga.

—Se lo agradezco, comisario.

Justo después de colgar, el inspector no pudo controlar su ímpetu y golpeó el volante con aire victorioso.

—¡Sí! ¡Sí! Por fin tenemos algo. ¿No te alegras, novato?

Sin embargo, el subinspector León no compartía la opinión de su superior.

—Hay que estudiar todas las posibilidades, pero el asesinato de Marga Estrada no cuadra con el ajuste de cuentas. Era una mujer normal y corriente. ¿Qué relación podía mantener con los picassianos?

La sombra de la duda tiñó de nuevo el rostro del inspector: el novato tenía razón.

CAPÍTULO 28

Camille se sorprendió al indagar acerca de los picassianos. Una banda criminal que utilizaba el arte, en cualquiera de sus expresiones, para llevar a cabo sus negocios ilícitos. Sin embargo, información sobre el grupo había poca en sí: sabían ser discretos. No obstante, su nombre sí estaba presente en sucesos acontecidos en las últimas veinticuatro horas.

En varios periódicos digitales encontró noticias que hablaban de asesinatos de miembros de la banda en las últimas horas. Todos describían los crímenes utilizando las mismas palabras: agresión atroz, violencia inaudita, terrible ajuste de cuentas… Esto le hizo suponer a Camille que todos los crímenes seguían la pauta del de Marga Estrada.

No había tenido noticias de ellos porque ocurrieron fuera del distrito de la ciudad de Barcelona y, por lo tanto, los avisos no pasaban por la centralita que ella había intervenido con una pequeña parte de su ente, que curiosamente se ubicaba en la misma comisaría en la que estaba destinado el inspector García. Él llevaba la investigación de la muerte relacionada con la perturbación de energía; si todos esos crímenes estaban relacionados entre sí, el de Marga Estrada sería la clave para descubrir quién estaba detrás.

—Quizás sería una buena opción averiguar algo acerca de los picassianos —dijo en el silencio de sus pensamientos. Sin embargo, no era tarea fácil. Ir tras la pista de los miembros de un grupo criminal en activo no es una tarea fácil, y más cuando todos están siendo brutalmente asesinados. Si en algún lugar queda constancia de sus direcciones, lo más probable es que estas conduzcan a callejones sin salida y casas vacías.

Enfrascada en sus dudas, comprobó la hora con una creciente preocupación: el tiempo parecía pasar más deprisa cuando se estancaba en sus investigaciones. Es cierto que le quedaba una opción, un último recurso que ya había utilizado antes y que podía seguir exprimiendo, pero era consciente del riesgo que corría: llamar al inspector Enrique García. Sin embargo, prefirió serenarse y reflexionar. Era una opción que tenía sus riesgos.

Se detuvo en una cafetería y pidió un café expreso. No tenía decidido a dónde tenía que dirigirse, así que optó por ocupar una de las mesas de la terraza, aunque asegurándose de que el sol no incidía directamente en ese lugar. Lo último que quería era llamar la atención y tener que salir corriendo. No era la primera vez que alguien sufría un ataque de pánico al fijarse cómo los rayos de sol atravesaban su cuerpo.

El camarero le trajo el café a los pocos minutos. Camille se lo agradeció con un ademán y se concentró de nuevo en los asesinatos, posando su mirada en ninguna parte. Si investigaba a los picassianos tomando como punto de partida el ajuste de cuentas, descubrir la verdad al respecto solo le serviría para descartar cualquier implicación con Marga Estrada. Pero la última víctima, Juan Alberto Flores, presentaba unas heridas idénticas. Cabía también la opción de que Marga no hubiera sido más que la puerta de ese ser —al que todavía no sabía cómo referirse— al Mundo de los Vivos y que su muerte hubiese sido circunstancial, es decir, pura mala suerte. Recordó la mesa recubierta de manchas que había en casa de Marga: luces negras. Muy pocos seres dejaban ese reguero a su paso.

Se mojó los labios de café y trató de centrarse. Mientras pensaba, mantuvo su atención fija en la ventana de un piso que había justo enfrente. Así se quedó durante varios minutos, totalmente abstraída, al menos para el resto de personas que había en la cafetería. Por las aceras discurrían cada vez más personas, pero ninguna de ellas prestaba atención en lo que estaba ocurriendo en la ventana de dicho piso; solo Camille. Dio otro sorbo al café.

Sobre el alféizar de la ventana había sentada una persona que hacía bailar sus piernas de un lado a otro. No podía verlo con mucho detalle, pero desde donde se encontraba Camille intuyó que se trataría de un hombre.

Apuró su café y dejó en la mesa una moneda de dos euros, no sin antes hacérselo saber al camarero. Después cruzó la carretera y se detuvo justo en el punto donde, unos veinte o treinta metros más arriba, alguien estaba a punto de saltar al vacío. Miró hacia arriba y la persona, a la que no podía ver bien, se agitó.

Algunas de las personas que caminaban por la acera miraron también hacia arriba al fijarse en el interés de la mujer, pero enseguida bajaban la cabeza y seguían su camino al no ver nada absolutamente extraño en la fachada del edificio. Ella, sin embargo, sí que podía ver aquella figura oscilante y a punto de caer. Se centró en ella y, con una sonrisa en los labios, le dijo:

—¿*Qué estás haciendo ahí arriba?* —le preguntó utilizando la lengua de los muertos. Creía que se trataba de un esbirro, pero este no contestó. No la entendía.

La figura se agitó más todavía al escuchar la telepática voz de Camille.

—¿Hola? ¿Alguien me recibe? —insistió Camille, esta vez en español.

—¡Déjame en paz! ¡Vete!

Era un hombre, un adolescente por su tipo de voz.

—No tardaré mucho, no te preocupes. Solo quiero saber qué estás haciendo.

—Quiero acabar con esta pesadilla de una vez. ¡Apártate!

Camille encogió los hombros y se echó a un lado con total indiferencia.

—¿Suficiente? Vamos, no tengo todo el día.

La actitud de Camille provocó la ira de aquel espectro, que sin más saltó de la ventana y cayó en el suelo como si de un cuerpo corriente se tratara. Nadie vio ni escuchó nada, solo Camille pudo observar que el joven, después de estrellarse contra el suelo, comenzó a llorar desesperado y a patalear como un niño pequeño.

—¿Qué me está pasando? —preguntó mientras golpeaba el suelo con furia. Algunos de sus golpes impactaban realmente y hacían temblar todo el pavimento, pero la gran mayoría de las veces sus extremidades atravesaban las baldosas. A Camille no le hizo falta ver mucho más para identificarlo: el joven era un suicida cuya alma se había quedado en lo que los humanos dirían «vacío legal». Parte del alma acepta el suicidio y otra parte no; dicho conflicto lo convierte en un ser etéreo, es decir, no tiene ente ni puede ingresar en el Umbral ni mucho menos cruzar el río Aqueronte. Un caso complejo, sin duda, pero afortunadamente con una solución sencilla.

—No se puede morir dos veces, cielo —dijo Camille con una sonrisa. El joven, confuso, la miró con cierto terror en los ojos.

—¿Y tú quién eres? Eres la única persona que me mira y me habla. Es como si no existiera para nadie más.

—Me llamo Camille. ¿Tú?

—Lucas.

—Un placer conocerte. Demos un paseo, Lucas. Te vendrá bien.

El joven desconfiaba, pero había algo en esa mujer que le transmitía una paz intensa e irrechazable.

—¿A dónde? —preguntó mientras se incorporaba.

—Confía en mí. Si como dices soy la única persona que te presta atención, será por algún motivo, ¿no crees?

El joven no pudo refutar dicha afirmación.

CAPÍTULO 29

EL SUBINSPECTOR LEÓN mantenía la cabeza casi pegada a la pantalla del ordenador mientras manejaba el teclado con agilidad. Combinaba el uso de los pulgares e índices con una maestría que a Enrique le llamó la atención. Buscaba información acerca de Nuria, la hija de Marga Estrada, que fue declarada desaparecida en Japón hacía un par de semanas. Sin embargo, la información era muy escasa y ni siquiera había una línea de investigación oficial. Intentó ponerse en contacto con las autoridades japonesas, pero desde Japón le aseguraron que toda la información había sido ya mandada a Europa —a la Interpol— y que no tenían nada más que añadir. Quisieron indagar también en la persona que la contrató en el país asiático, el tal Fukuda, pero al ser japonés las autoridades niponas se mostraron más intransigentes. El motivo principal de este recelo era que se trataba de un importante hombre de negocios japonés reconocido internacionalmente, con mucho prestigio, pero también, al mismo tiempo, encabezaba un clan yakuza al que se le atribuían numerosos delitos. A las autoridades japonesas les convenía mantener intacta la imagen del señor Fukuda en el extranjero.

Sin nada que hacer por ese frente, se centró en la figura de

Nuria. Como bien había mencionado el vecino, Nuria era una experta en piezas artísticas y pasaba gran parte del tiempo viajando entre los principales museos de Europa. Pero donde realmente encontró petróleo el subinspector fue en el pasaporte de Juan Alberto Flores: había viajado a Japón semanas antes.

El inspector García no daba crédito.

—Esto cambia mucho las cosas. ¡Bien hecho, subinspector!

Una vez más, el subinspector se mantuvo cauto.

—Es bastante probable que los picassianos tuvieran algún tipo de contacto con Nuria, pero la madre no era experta en arte ni mucho menos. Además, si aceptamos que todos estaban involucrados en un negocio ilícito, está claro que estarían en el mismo bando. Sería la otra parte la que se estaría vengando, ¿no cree? Un desacuerdo, un conflicto, no sé…

Enrique miró al joven subinspector con el ceño fruncido. El comisario Mendieta tenía razón: era muy bueno. Cualquier otro se hubiera lanzado a lo loco, sin criterio. No obstante, tampoco tenían que darle un diploma por ello. «Alabanzas las justas», pensó Enrique.

—En ese caso, tendríamos que intentar localizar a un miembro de la banda y hablar con él. Los están asesinando después de todo, por lo que no debería ser muy complicado conseguir que hablen. No están en la posición de rechazar nuestra protección si se la ofrecemos.

El subinspector dejó escapar una sonrisilla nerviosa.

—He pensado que también sería muy buena idea comprobar la entrada de japoneses en el país en las últimas semanas. Si los picassianos estuvieron en Japón, tal vez se buscaran problemas con los yakuzas. Hasta donde tengo entendido, estos grupos son muy celosos de su territorio y sinceramente no veo nada más diferente que un español y un japonés.

El inspector asintió en silencio mientras valoraba la teoría de su pupilo. Tenía sentido… en parte. Aun así, el caso seguía siendo muy extraño.

—Acepto tu teoría. Los yakuzas son uno de los grupos criminales más peligrosos del mundo y nadie puede jugar con ellos. Pero son discretos. Estas muertes son aberraciones; hay ensañamiento y mucho odio. No son simples ejecuciones —dijo Enrique—. Si ellos estuvieran detrás de esas muertes, las habrían llevado a cabo de otra forma, estoy seguro. De todas maneras, en Madrid hay una brigada centrada en grupos criminales asiáticos. Les pediré que nos iluminen un poco.

—Mientras tanto, tendríamos que intentar entrevistarnos con un picassiano. Si continúa esta tendencia, pronto no quedará ni uno de ellos.

El inspector asintió y levantó la mirada hacia un mapa desplegado que indicaba dónde se habían cometido los asesinatos de los picassianos, al menos de los que tenían constancia por el momento. No eran distancias insalvables, pero había que tenerlo en cuenta.

—Hay que valorar la opción de que varias personas estén involucradas en los asesinatos. En el caso de que se trate de los japoneses, puede que esté circulando un comando de sicarios. Pueden hacerse pasar por turistas.

—Tenemos que hablar con un picassiano. Ellos tienen que saber quién va a por ellos —dijo el subinspector.

—Y cuanto antes.

CAPÍTULO 30

A CAMILLE no le hicieron falta muchas explicaciones para que Lucas, el muchacho de la ventana, comprendiera lo que estaba ocurriendo. Al parecer, el joven se había arrojado por la ventana de su habitación después de que otros jóvenes de su instituto le amenazaran con darle una paliza. El joven se asustó tanto y se sintió tan solo que no vio otra solución posible.

—No les hice nada. Ni siquiera los conocía —dijo el joven, cabizbajo.

—No busques justificación a la maldad. Los culpables son ellos —dijo Camille—. Tomaste una decisión, acertada o no, que conllevó tu muerte. Es todo lo que tienes que comprender.

—Pero ¿dónde está mi familia?

Camille inclinó la cabeza.

—No lo sé. Quizás se hayan trasladado o se hayan marchado una temporada. Lo importante es que tienes que seguir tu camino. La muerte no es el final, Lucas.

El joven afinó la mirada y observó a Camille con curiosidad. El asimilar su muerte le produjo una sensación instantánea de paz.

—¿Tú también estás muerta?

—Es un poco más complicado que eso. Dejémoslo así.

—Debí suponer que algo raro estaba pasando cuando no me hacía ni un rasguño al tirarme por la ventana —dijo Lucas.

Camille se rio.

—Es normal, no te preocupes. Los humanos creéis que la muerte es similar a apagar todas las luces y quedaros a oscuras, sin ver ni oír ni respirar: la nada. Pero ya ves que no es así. Morir solo hace referencia al aspecto físico, a tu cuerpo: un alma no puede morir.

—¿Y a dónde tengo que ir ahora?

—Pronto lo sabrás. Estás casi preparado. Tú solo déjate llevar —dijo Camille. En cuanto el alma de Lucas se unificara, un halo de luz lo invitaría a pasar al otro lado, al Umbral—. Me quedaré contigo hasta entonces.

—No sé cómo puedo agradecerte todo esto.

—No tienes que agradecer nada.

El joven sonrió.

—Por cierto —continuó Camille—. Según he podido saber, te suicidaste hace un par de días, ¿no has visto a otros seres como yo?

El semblante de Lucas cambió por completo. Agachó la cabeza y apretó los labios con todas sus fuerzas.

—¿Qué viste?

—Creí que todo era parte de una pesadilla. Me asusté mucho.

—¿Por qué? —Camille advirtió que no estaba muy lejos de la residencia de Juan Alberto Flores.

—Ahora que he hablado contigo, entiendo que he visto otros seres, como tú dices. Pero la pasada madrugada vi a... no sé cómo describirlo. Era un ser horrible.

Camille se estremeció.

—Cuéntamelo.

Lucas asintió. El miedo se había reinstaurado en su mirada.

—Yo estaba en la ventana, dispuesto a saltar otra vez. Era de noche, pero tarde. No había nadie en la calle. De repente, al final de la calle vi una sombra oscura que avanzaba muy deprisa. De lejos parecía una persona que estuviera corriendo, pero a medida que se acercaba me fijé en que no tocaba el suelo. Tampoco podría decir si tenía piernas, parecía flotar. Todo él, lo que fuera, era oscuro, pero en una de sus manos llevaba algo que se reflejaba bajo la luz de las farolas. Yo…

Pero no tuvo tiempo para más. La figura del joven comenzó a ganar intensidad justo antes de comenzar a desvanecerse: al fin abandonaba el Mundo de los Vivos. Camille necesitaba más tiempo, pero sabía que si lo intentaba retener podría llamar la atención de Cerbero; lo último que quería en ese momento. Sin más, se despidió del joven con la mano hasta que este y la luz desaparecieron como si jamás hubieran existido.

—Lo ha visto…

CAPÍTULO 31

COMPROBAR el registro de viajeros españoles procedentes de Japón durante las pasadas semanas fue agotador, pese a los muchos filtros que pudieron aplicar sobre los viajeros. En primer lugar, buscaban a hombres de edades comprendidas entre los veinte y los setenta años, residentes en Cataluña y con un buen nivel de vida. A esta preselección se le aplicó otra más rigurosa: la del vuelo en el que viajó Juan Alberto Flores. El número se redujo bastante y las esperanzas de arrojar un poco de luz sobre el caso bañaron el ánimo de los inspectores.

Curiosamente, en esa lista había miembros ya asesinados de los picassianos. Todos los que habían fallecido iban en ese avión.

—¿Qué piensas, subinspector? —preguntó Enrique. Era su manera de reconocer las capacidades del novato. En el trabajo de campo estaba un poco flojo, pero era ágil de mente. El subinspector, con los ojos enrojecidos por las prolongadas horas frente a la pantalla, asintió con vehemencia.

—Esta vez sí, inspector. Si aceptamos que todos los que fueron a Japón lo hicieron en ese avión, entonces tenemos sus nombres. Tan solo tenemos que comprobar el registro e ir tras los que queden con vida.

Enrique transformó su sonrisa en una mueca inexpresiva.

—Si es que todavía queda alguno.

CAPÍTULO 32

Camille observó el reloj y después dejó caer el brazo. Había pasado los últimos veinte minutos sentada en un banco, pensando cuál era la mejor opción.

Tras las palabras de Lucas, podía confirmar que el alma que se había visto atraída hacia la perturbación de energía provocada por Marga tenía un carácter demoníaco, lo que significaba que debía hacerla regresar lo antes posible al Umbral de los Muertos. Las almas demoniacas eran casi imposibles de controlar y no se regían por ninguna norma. Esas almas, llenas de resentimiento y odio, se limitaban a vagar por los confines del Umbral, esperando su oportunidad de regresar al Mundo de los Vivos. Poco les importaba alterar el discurrir de los vivos.

La pregunta era quién era dicha alma y por qué iba tras aquellos hombres traficantes de arte, y lo más importante, ¿habría acabado ya con todos? Si no era así, quizás uno de ellos pudiera contarle qué estaba ocurriendo y qué habían hecho para que un demonio estuviera matándolos. Maquillaría sus palabras, claro, pero el fundamento de la frase era ese.

Había leído varias noticias en internet, pero nada que le fuera útil, ya que todos los picassianos que nombraban habían sido ya asesinados: ¡necesitaba a uno con vida! ¡Solo a uno! Decidida a no perder más tiempo, cerró los ojos y se concentró. Una ínfima parte de su ente había accedido al centro de comunicaciones de la Policía Nacional. Para ella, era como un eco que le permitía escuchar gran parte de la información que circulaba por allí. No era fácil, ya que las voces se solapaban y podía escuchar los avisos de varios delitos al mismo tiempo, y más en una ciudad tan grande como Barcelona.

—Me voy a volver loca —susurró. Las palabras se agolpaban unas sobre otras—. ¡Vamos! Tengo que sacar algo de todo esto.

Fue entonces cuando escuchó la palabra mágica: «picassianos». Dirigió hacia ese canal a la diminuta parte de su ente y prestó atención. Un golpe de fortuna.

—… Jaime Horteza. Acaba de ingresar en el ala psiquiátrica del Hospital Clínic Sufre una especie de brote psicótico o algo por el estilo. En el hospital no me han facilitado…

Camille se incorporó del banco y continuó escuchando, aunque le resultaba muy complicado extraer frases completas. Después de todo, la energía de su ente no era ilimitada, debilitándose poco a poco.

—A la espera…

Quizás fue el entusiasmo, pero Camille no esperó ni un segundo más y salió corriendo hacia la carretera, donde paró un taxi, indicándole que se dirigiera a toda velocidad hacia el hospital. Si había tenido la suerte de encontrarse con el aviso, existía una posibilidad de que pudiera hablar a solas con ese hombre; si es que se encontraba en condiciones de ello.

El taxista supo ganarse su propina y pisó bien el acelerador. Apenas diez minutos más tarde, Camille entraba por la puerta principal del Hospital Clínic. No le hizo falta preguntar a nadie para saber exactamente en qué punto se encontraba y a dónde quería ir. Había estado en suficientes hospitales como para saber ubicarse echando un rápido vistazo al mapa cutre que había en el vestíbulo. Por un momento, se preguntó si acaso había un patrón general para la construcción de todos los hospitales.

Psiquiatría estaba en la tercera planta. Descartó el ascensor y se encaminó hacia las escaleras, que siempre le parecían más seguras; al menos, ofrecían la posibilidad de huida si la situación se complicaba o surgían imprevistos. No eran temores infundados. Después de todo, se estaba haciendo pasar por una agente del Ministerio del Interior. Por muy elaborada que fuera su mentira, se estaba moviendo entre inspectores y policías, y estos descubrirían la verdad tarde o temprano. Cuando eso ocurriera, debía tener una vía de escape.

CAPÍTULO 33

—Así que Jaime Horteza —dijo el inspector, moviendo la cabeza de arriba abajo y dibujando una sonrisa enigmática.

—¿Lo conoce? —preguntó el subinspector León.

—Más a su padre. Fernando Horteza es un criminal de renombre, aunque la edad no perdona y estos últimos años se ha dedicado más a la jardinería que al tráfico de drogas. El viejo siempre ha sido cuidadoso, manteniendo los pies en la tierra. Supo dar un paso atrás y darles paso a las nuevas generaciones. Sin embargo, Jaime, su hijo, no ha heredado las dotes de su padre, ni de lejos. Tú has visto su historial delictivo. Ha sido arrestado decena de veces por hurtos menores, peleas y multas por exceso de velocidad no pagadas. Es un desastre y siempre abusó de las drogas; está vacío —dijo el inspector señalando hacia la sien—. No me extrañaría que fuera ese el motivo por el que se encuentra en el psiquiátrico.

La explicación cruda del inspector maravilló al joven, aunque había cosas que no le terminaban de encajar.

—Si es un hombre tan descuidado, ¿cómo puede manejar una red de tráfico ilegal de arte?

El inspector miró al joven con una leve aprobación. Era positivo que se planteara todos los interrogantes.

—Su padre tiene muchos contactos. Además, estoy seguro de que se habrá encargado de dejar todo el negocio bien atado a su hijo. La prueba de ello es que, hasta donde hemos podido saber, los picassianos llevan trabajando muchos años. Los viajes de algunos de sus miembros así lo muestran.

—Pero algo debió ocurrir en Japón, ¿no es así? Es evidente que alguien los está persiguiendo —dijo el subinspector.

El inspector asintió a la vez que liberaba todas las posibles teorías en su cabeza.

—Esperemos que pueda contarnos qué está ocurriendo.

CAPÍTULO 34

Esta vez, cuando llegó a la tercera planta, Camille se vio obligada a preguntar a una enfermera en qué habitación se encontraba Jaime Horteza. La enfermera no estaba dispuesta a facilitarle la información que solicitaba en un primer momento, pero, una vez más, la condición de Camille de agente del Ministerio del Interior le allanó el camino. La enfermera se puso en tensión cuando Camille, con leve gesto, apartó su abrigo y mostró la identificación que llevaba colgada en la parte interior.

—Perdone, agente. Habitación 307. Aunque tengo que decirle que está muy sedado. No creo que pueda serle de mucha ayuda.

—Descuide. Por cierto, ¿qué le ha pasado exactamente?

La enfermera asintió y miró la pantalla del ordenador.

—Ha sufrido un brote psicótico con tendencias persecutorias. Básicamente, aseguraba que alguien lo estaba persiguiendo. Sin sedación, hubiera sido imposible reducirlo. Cuando ingresó estaba aterrado.

—Interesante. Muchas gracias, enfermera.

Camille dejó atrás la recepción y se dirigió hacia la habitación. Tras algunas de las puertas provenían gritos escalofriantes y frases sin sentido que los enfermeros y el resto de los médicos ignoraban, acostumbrados ya a los delirios de los pacientes.

Caminó hasta la puerta de la habitación 307 y respiró hondo. Era bastante probable que ahí se encontrara la clave de todo lo que estaba ocurriendo. Si conseguía mantener una conversación con Jaime Horteza, podría saber la verdad de una vez y comenzar a actuar en consecuencia.

Pero nada más abrir la puerta, comprendió que había llegado demasiado tarde.

Era complicado que Camille se sorprendiera por algo, pero en aquella ocasión se estremeció y no pudo reaccionar a tiempo. Apenas abrió la puerta, unos metros más adelante, estaba Jaime Horteza, de pie, mirando hacia la puerta. En su rostro reflejaba un intenso horror, la congestión del que sabe que va a morir y no puede hacer nada por evitarlo. El sudor cubría su pálido rostro, que lucía un aspecto tétrico.

—¡Jaime! —fue todo lo que a Camille le dio tiempo a decir. Acto seguido, confirmó sus temores cuando una figura oscura, envuelta por un resplandor negro que emanaba de sí mismo, surgió tras Jaime de manera súbita. El extraño ser, con movimientos rápidos y precisos, se acercó a Jaime por la espalda y estrechó sus brazos a través de su cuello. Mientras tanto sus ojos, de un blanco roto, se fijaban en Camille de una manera enfermiza. Bajo aquella intensa negrura, Camille pudo medio distinguir la figura de un hombre.

A continuación, de una de sus extremidades surgió un extraño cuchillo, corto de longitud, pero con la hoja ancha y el mango de un peculiar color púrpura. Un movimiento seco y veloz cortó el cuello de Jaime con una facilidad pasmosa.

Camille intentó abalanzarse sobre aquel ser, pero ya era tarde. Jaime Horteza cayó al suelo con las manos alrededor del cuello, tratando inútilmente de detener la hemorragia. Impresionada por cuanto estaba viendo, lo último que esperaba Camille era que el ser demoníaco le lanzara una cuchillada que estuvo cerca de atravesarla.

—¡Maldita sea! —exclamó mientras se agachaba para esquivar otro golpe. Pero el demonio se rehízo rápido y le provocó un intenso corte a Camille: por primera vez en mucho tiempo experimentó el dolor, un dolor lacerante y abrasivo que se extendía por todo su cuerpo. La figura se regocijó de haberla herido. En la oscuridad que conformaba su cuerpo resultaba complicado distinguir sus facciones, pero Camille estaba segura de que estaba sonriendo.

Antes de que Camille pudiera recomponerse, otro fugaz ataque le golpeó el rostro, estando a punto de caer al suelo. Aquel ser tenía una velocidad increíble y resultaba muy complicado predecir sus movimientos. Las cuchilladas se quedaban a muy pocos centímetros de Camille. Sin embargo, esta aprovechó un segundo para lanzar un fuerte destello que hizo retroceder al ser.

—*Esto se ha acabado* —dijo Camille. Sin embargo, a la masa oscura no pareció preocuparle aquel despliegue de poder por parte de la mujer, lanzándose de nuevo al ataque.

—*Oh, vamos.* —Aquel extraño cuchillo pasó de nuevo a escasos milímetros del rostro de Camille. Desesperada, lanzó otro destello. La oscuridad que rodeaba al ser comenzó a perder intensidad, pero ni mucho menos desistía. Camille, jadeando, era consciente de que carecía del poder suficiente. Además, la herida del brazo resultaba cada vez más molesta.

El ser oscuro hizo un amago para engañar a Camille, pero esta, más por el cansancio y el dolor, no se movió. Esto ocasionó un instante de duda que aprovechó Camille. Extendió su brazo sano y con leve gesto de sus dedos abrió un portal que comunicaba con el Umbral. El ser reaccionó lanzando una cuchillada hacia el portal, que se cerró de inmediato. Enrabietado, quiso atacar de nuevo a Camille, pero las fuerzas del ser comenzaban a flaquear también.

La suerte se puso de lado de ella. Al cabo de unos segundos, cuando se cercioró de que Camille podía causarle más problemas de los que creía, el demonio abrió la boca de una manera grotesca y emitió un grito agudo y estridente que solo los seres del Umbral que estuvieran por la zona pudieron oír. A Camille, al estar tan próxima, no le quedó más remedio que taparse los oídos ante aquel sonido tan molesto. El demonio aprovechó la oportunidad y se arrojó por la ventana para escapar. Camille intentó ir tras él, pero aquel chillido le había dejado aturdida. Entre eso y las heridas del brazo, no pudo reaccionar tan rápido como debía haber hecho y perdió demasiado tiempo.

Jaime Horteza, mientras tanto, agonizaba en el suelo, pataleando mientras la vida se escurría entre sus dedos. Camille quiso socorrerlo, pero lo único que pudo hacer fue acompañarlo en sus últimos segundos. Nada más expirar, puso la mano sobre su frente para llamar al alma de Jaime y llevarla hacia el Umbral. Una vez que se aseguró de que el alma de Jaime estaba a buen recaudo, comprobó las heridas que el puñal le había dejado en el cuello. La piel abrasada de los bordes no daba lugar a dudas: el demonio y ese puñal, esa «infame», habían estado detrás de todas las demás muertes. Después observó sus propias heridas. Con el paso de los minutos, su ente y su alma se irían regenerando y las heridas desaparecerían por completo, pero aun así le había impresionado.

Se incorporó para marcharse cuando un farero apareció en la habitación, alarmado por el grito del demonio.

—*¿Qué ha sido ese grito?* —preguntó a Camille, que lo observaba con los brazos en jarra. Fue entonces cuando el recién llegado se fijó en el cuerpo sin vida de Jaime. La sangre se extendía poco a poco a su alrededor.

—*Un demonio. Me temo que hay un demonio suelto* —contestó Camille, provocando que el farero mirase con temor hacia un lado y otro—. *Se ha ido. Al menos, creo que he ganado un poco de tiempo antes de que vuelva a actuar.*

Dicho esto, se acercó a la ventana y observó como todo seguía en absoluta tranquilidad. No se escuchaban gritos ni la gente corría asustada, nada alteraba el orden. Eso significaba que el demonio no actuaba de manera arbitraria, promovido por un mal indómito, sino que era selectivo. Sin embargo, ir tras él no era lo más recomendable. Además de que había perdido la oportunidad. Por norma común, las almas demoniacas no atienden a razones ni suelen aceptar la redención así como así. Tampoco podía interponerse en su camino, ya que podría acabar muy mal parada, como ya había comprobado. No. En este caso, necesitaba pedir ayuda a otro ser del Mundo de los Muertos.

CAPÍTULO 35

Camille regresó al Umbral minutos antes de que Enrique García y el subinspector abrieran la puerta de la habitación de Jaime Horteza. Al ver el cuerpo sin vida de Jaime y la sangre fresca aún corriendo por el suelo, los inspectores desenfundaron sus armas y entraron en la habitación, convencidos de que el asesino todavía se encontraba allí, pero no había ni rastro.

—¡Un médico! —gritó el subinspector León. Enrique, que sabía que ya no se podía hacer nada por ese hombre, realizó un aspaviento con la cabeza, lamentándose.

Los primeros enfermeros acudieron a la habitación, aunque se encontraron con la negativa del inspector.

—Certifiquen su muerte, pero nada más. No toquen nada. Están en la escena de un crimen —dijo con la mirada fija en Jaime Horteza. La palidez de su piel destacaba sobre el rojo oscuro de su sangre—. Hemos llegado tarde. ¡Joder!

El subinspector observó la profunda incisión del cuello que le cortó la arteria que había acabado con su vida. La carne abrasada indicaba que habían utilizado la misma arma homicida que en los otros asesinatos.

—El crimen es parecido a los anteriores, aunque no hay tanto ensañamiento.

—Quizás aquí no ha dispuesto de todo el tiempo necesario —dijo el inspector, que enseguida se centró en el grupo de enfermeros que aguardaban al otro lado de la puerta, en el pasillo—. ¿Tienen un registro de entrada?

Una de las enfermeras asintió y fue corriendo hacia el mostrador que había en la zona de los ascensores. Allí imprimió una hoja que llevó a toda prisa al inspector.

—Las visitas están prohibidas, por lo que nadie de fuera puede entrar sin más —dijo tendiéndole la hoja. El inspector la cogió y la miró con determinación. Fue entonces cuando una de las enfermeras, de súbito, estalló en lágrimas. Estaba tan alterada que incluso tuvieron que traerle una silla para evitar que cayera al suelo.

—¿Qué le sucede? —preguntó el inspector, cuyo olfato le decía que esa mujer sabía algo más acerca de Jaime Horteza.

—Hay una visita que no está reflejada en ese informe. Una agente del Ministerio de Interior. Estuvo aquí hace como veinte minutos. Ha debido marcharse sin que la veamos o no sé…

Los ojos del inspector se abrieron de par en par. Las malas sensaciones alrededor del caso y de la supuesta agente se incrementaban por segundos.

—¿Está segura? —preguntó con toda la calma que le era posible.

—Por supuesto. Yo mismo le atendí. Creía que continuaba en la habitación. No la he visto salir.

Enrique no podía creérselo.

—¡Subinspector! Quiero que vaya ahora mismo a comprobar las grabaciones de seguridad de la planta. Creo que por fin hemos desenmascarado a nuestra amiga.

CAPÍTULO 36

Tanto Nuria como el propio Hiro se sorprendieron cuando vieron abrirse la puerta principal de la propiedad y el señor Fukuda apareció caminando tranquilamente por el jardín. Su pupilo sabía que era una mala señal aquella visita inesperada.

—¿Qué puede querer el señor Fukuda? Es muy extraño que no haya avisado de su visita. Siempre es tan correcto en las formas —dijo Nuria desde la ventana. Hiro, varios pasos más atrás, procuraba encontrar la respuesta a la cuestión en el silencio de sus pensamientos. Pero dijera lo que dijera, no podía preocupar a Nuria; eso lo complicaría todo todavía más.

—No es nada grave —mintió Hiro—. Suele hacer ese tipo de cosas para cerciorarse de que todo funciona a la perfección. Es consciente de que, si avisa de su llegada, sus empleados pueden maquillarlo todo y ofrecerle justo lo que desea ver. «No te fíes de lo perfecto», suele decir. No se llega al éxito haciendo lo que hacen la mayoría de las personas.

Nuria les encontró sentido a las palabras de Hiro. El señor Fukuda ya le había demostrado tener personalidad y determinación, por lo que la visita sorpresa no era nada disparatada.

—Recibámoslo entonces —dijo la joven sacudiéndose el pelo.

Ambos se dirigieron a la puerta principal de la casa, aunque Hiro se adelantó. Cuando este abrió la puerta, el señor Fukuda estaba tan solo a unos pocos pasos del umbral.

—Es un placer tenerle aquí, señor —dijo Hiro inclinando la cabeza hacia el suelo.

—Eso lo averiguaré dentro de poco —contestó el anciano con el volumen justo de voz para que la joven no lo escuchase.

Sin detenerse y con el bastón como punta de lanza, el anciano continuó hacia el interior de la casa, transformando su pétreo rostro y dibujando una agradable sonrisa para no incomodar a la europea.

—Oh, Nuria, espero que se encuentre cómoda en mi residencia —dijo el anciano—. No sé si Hiro le habrá comunicado que es uno de mis lugares preferidos. Realmente le tengo mucho cariño a este lugar.

—No tiene que preocuparse por mí. Este lugar es fantástico e Hiro es muy considerado.

La sonrisa del anciano estiró más sus labios.

—Eso es magnífico. Es un buen muchacho, sí, muy bueno.

Las palabras del señor Fukuda flotaron entre la ironía y la ligereza. Hiro, en tensión, aguardaba el próximo paso del anciano. Lo conocía muy bien. La visita por sorpresa era como un aviso, una señal de que las cosas no se estaban realizando acorde a sus planes.

—Puede estar orgulloso de él —añadió Nuria, causando más desasosiego al anciano, al que cada vez le resultaba más complicado sonreír. Si se llegaba a confirmar la relación que mantenían ambos, podría tener muchos problemas.

—Lo estoy. Téngalo por seguro, pero aun así me gusta comprobar las cosas por mí mismo. ¿No hay algo en que pueda ayudarla? ¿Se siente del todo cómoda?

Nuria movió la cabeza de un lado a otro.

—No puedo estar mejor, señor Fukuda. Además, la luz es

fantástica y me permite trabajar de manera muy cómoda con los cuadros.

El japonés le dedicó una sonrisa.

—En ese caso —continuó el anciano—, Hiro, me gustaría mantener una conversación contigo.

—Puedo salir si desean hablar a solas.

El señor Fukuda levantó las manos para indicar todo lo contrario.

—No, por favor. Desde el primer momento que puso los pies aquí, este es su hogar, por lo que seremos nosotros los que nos iremos. Si nos disculpa…

El anciano señaló con el balcón hacia la puerta que daba al jardín. Hiro salió primero, seguido de su superior, que volvía a mostrar un rostro serio. Bordearon el lago en absoluto silencio y no fue hasta que estaban a pocos metros de la casa, sin posibilidad de que Nuria los escuchase, cuando el señor Fukuda estalló.

—¡Malnacido! —exclamó golpeando el césped con el bastón—. ¿Es que no hay mujeres suficientes en este mundo? Sé lo que estás haciendo, Hiro. ¡Has perdido el juicio!

Hiro, que ya sospechaba el motivo de la visita del señor Fukuda, agachó la cabeza. Lo que comenzó como una relación cordial con la europea acabó transformándose en un romance casi de película, aislados del mundo y en un paisaje idílico. Tan solo las cámaras que había repartidas por el jardín hacía que se controlara un poco. «Por fortuna», pensó con cierta vergüenza, «en el interior no hay cámaras».

—Lo siento, señor —dijo con un hilo de voz. El anciano lo miró de arriba abajo, analizó su expresión. Sabía que Hiro era muy hábil ocultando sus sentimientos y todo lo que pasaba por su cabeza. Era un libro cerrado que solo dejaba al descubierto pequeños recovecos de sus verdaderas intenciones. Tenía que ir con pies de plomo.

—Tú mejor que nadie conoce la importancia de la europea

para nuestros negocios. La situación con los españoles está en un punto crítico. Si se rompe el acuerdo, quién sabe de lo que serían capaz —dijo el señor Fukuda. Hiro alzó el rostro: sus ojos brillaban de rabia.

—Jamás permitiría que le ocurriese nada a la señorita Estrada. Puede que no lo haya hecho de la mejor manera, pero la joven está contenta, a salvo, y desconoce el proceso del que forma parte. Al final, todo esto es lo que importa y lo que permite que el negocio siga funcionando.

El señor Fukuda asintió, aunque no le gustó nada lo que acababa de escuchar. Hiro no solía hacer afirmaciones tan categóricas, y de ese «jamás permitiría que le ocurriese nada» podían extraerse muchas conclusiones, alguna de ellas desconcertantes. ¿Qué ocurriría si la europea acudía a las autoridades? ¿Y si se vendía al mejor postor? ¿La defendería de él mismo?

—No soy estúpido, Hiro. Sé muy bien hasta dónde llega mi influencia. Lo único que te pido es que tengas los pies en el suelo y actúes cuando llegue el momento, ¿de acuerdo? No podemos cometer errores. En poco tiempo, quién sabe si esta tarde o mañana, nos reuniremos de nuevo con los españoles y puede suceder cualquier cosa. ¿Lo has entendido?

Hiro asintió en silencio.

—Bien. Ya que tu relación con la europea es tan especial, permanecerás aquí con ella hasta que se aclare todo —dijo el señor Fukuda—. Mantén la cabeza fría. Es todo lo que te pido.

CAPÍTULO 37

Jaime Horteza observó la pantalla del móvil antes de contestar. Era Juan Alberto Flores, alias «Serpiente», uno de los hombres de confianza que le habían acompañado a Japón. Si no recordaba mal, por la hora que era, estaría siguiendo al señor Fukuda.

—Dime.

—He seguido al señor Fukuda al norte de la ciudad, a lo que parece un barrio residencial de clase alta. Cualquiera no tiene una casa aquí.

Jaime chasqueó los labios.

—¿Y qué tiene eso de relevante para nosotros? El viejo tiene cientos de propiedades repartidas por toda la ciudad.

—La casa está vigilada por tres hombres. No son guardias de seguridad, sino hombres bajo su mando, sicarios, o como los llamen aquí. Pero por la manera en la que vigilan diría que no desean llamar mucho la atención. No sé si me explico: puede que tengamos algo.

Eso era diferente. Hasta el momento no tenían constancia de la existencia de aquella casa. Además, el hecho de que estuviera custodiada por hombres de confianza del anciano indicaba que algo o alguien valioso se escondía en su interior.

—Mmm, interesante. ¿Puedes ver algo más? —preguntó Jaime.

—He visto fugazmente el amplio jardín interior cuando han abierto la puerta, pero poco más. No quiero acercarme. Llamaría demasiado la atención. Pero, jefe, quizás sea ahí donde escondan a esa mujer. No sé cómo será la finca por dentro, pero desde fuera se ve inmensa. Puede que haya más de una casa en su interior.

—Supongo que habrás tomado las medidas oportunas. Un occidental rondando un exclusivo barrio de Tokio llamará la atención.

—Por supuesto. He pagado a un hombre para que conduzca el coche. Yo voy en la parte de atrás, pero si permanecemos aquí más tiempo o nos acercamos más, tendremos problemas.

Jaime reflexionó en silencio. Analizando la situación fríamente, era cierto que él había exigido un cambio de condiciones una vez se cerró el acuerdo con el señor Fukuda, aunque también estaba en lo correcto si afirmaba que sin él el anciano no podría recibir los cuadros para que sus falsificadores los copiaran. Su padre jamás hubiera hecho una cosa así, pero los tiempos habían cambiado.

Por otra parte, ellos tenían que arriesgar mucho para conseguir los cuadros y hacerlos llegar hasta Japón. Todo eso requería una importante inversión en sobornos, aduanas y hombres, ya que, después de todo, trasladaban piezas de obras muy valiosas que podían robar en cualquier momento. A su juicio, lo justo sería que ellos tuvieran un mayor peso en el negocio, lo que el señor Fukuda no estaba dispuesto a aceptar. Ese era el motivo por el que querían llegar hasta la joven experta. Si conseguían que trabajara para ellos, el japonés no tendría más remedio que aceptar sus exigencias.

—Bien. No te vayas muy lejos. Comparte la ubicación y enviaré a dos hombres más. Quiero que esta noche entréis y comprobéis qué es lo que el viejo esconde allí. No quiero tiroteos ni secuestros ni nada por el estilo. Un simple reconocimiento, ¿entendido?

—Alto y claro.

—Así me gusta. Me encargaré de entretener a la mayoría de los hombres del señor Fukuda. Quiere concertar una reunión: será esa noche. En cuanto comience, os lo comunicaré para que entréis en la residencia. Puede que nos apuntemos un buen tanto.

CAPÍTULO 38

Pasaron varias horas desde la marcha del señor Fukuda. El sol acariciaba ya el horizonte y el alumbrado público iluminaba las abarrotadas calles de Tokio. Hiro se quedó a solas en la casa que ocupaba al otro lado del lago. Necesitaba pensar y aclarar sus ideas. Pese a que no pudiera soportarlo, Nuria se encontraba en peligro aunque los problemas con los españoles se solucionasen. Tarde o temprano, ella descubriría de lo que formaba parte y se marcharía o amenazaría con acudir a las autoridades. Nuria era honrada y soñadora, creía firmemente en el poder inmenso del arte para hacer del mundo un lugar mejor, lo que dejaba claro que no aceptaría de buena gana haber formado parte de una red de falsificaciones. Representaba todo lo contrario de lo que él era.

Estos pensamientos provocaron una honda decepción a Hiro, algo que nunca había experimentado. Nuria tenía un gran futuro por delante y, sin ella saberlo, podía quedarse sin nada. «No es justo». Aquello enfadó a Hiro, que comenzó a caminar de un lado a otro, ansioso por salir de esa situación. Sentía la necesidad de hacer algo, de sacar a Nuria de aquel mundo turbio en el que se estaba sumergiendo, pero no se le ocurría la manera. Si le contaba la verdad, corría el riesgo de que algunas de las partes involucradas quisieran eliminarla para evitar problemas con la Policía. Sin embargo, aunque consiguiera que ella abandonara Japón, ¿sería capaz de dejarla sola?

—¿Qué ocurre? —le preguntó Nuria, aquella voz le pilló totalmente desprevenido. Fue tal su sorpresa que su reacción fue la de llevarse la mano derecha al lado izquierdo de la cintura, el lugar donde solía llevar la pistola. Cuando palpó el vacío advirtió que era Nuria la que le había hablado.

—Menudo susto —dijo aliviado. No obstante, Nuria lo observaba, ceñuda y con las manos a media altura. Para ella, no había pasado inadvertido el gesto de Hiro.

—¿Qué ibas a hacer? —preguntó.

—No lo sé. He reaccionado… Casi me da un infarto.

Nuria dejó pasar el asunto.

—No pretendía asustarte. Cuando he entrado, parecías preocupado. ¿Qué te ha dicho el señor Fukuda?

Hiro miró a Nuria a los ojos. Contarle la verdad podía tener un precio muy alto, pero no hacerlo podría costarle la vida igualmente. Tenía que elegir.

CAPÍTULO 39

LA REUNIÓN entre los españoles y los japoneses tuvo lugar en uno de los apartamentos del señor Fukuda ubicados en el centro de la ciudad, en el área metropolitana. Este, concretamente, era una especie de anticuario, ya que había piezas de colección en casi todas las paredes y rincones. Allá donde se mirara, daba la sensación de estar en un museo.

En el salón, donde iba a celebrarse la ansiada cita, había toda una exposición de armas antiguas, tales como espadas y armaduras samuráis, mosquetones del siglo XVIII e incluso una bola de cañón. Los picassianos, mientras esperaban la llegada del anciano, contemplaban la extravagancia y belleza de aquellas armas.

—Eran las espadas más afiladas del mundo —dijo uno de ellos tocando el filo romo del arma, afectada por el paso del tiempo. Esa pieza de metal, en concreto, pertenecía a un samurái del siglo XIII.

—¿Cuántos años puede tener todo esto? —preguntó otro.

—Qué sé yo, ¿quinientos años? Si es así, debe valer un buen pico.

Jaime Horteza, que había escuchado la conversación, asintió.

Sin embargo, a él no le llamaba la atención aquellos vestigios de la cultura japonesa. Lo que más le había gustado era un pequeño cuchillo con el mango de color púrpura. Apenas era tan grande como la palma de una mano y la hoja tenía una forma que jamás había visto: corta y muy ancha. Estaba muy usada, pero no parecía ser muy antigua.

—Espero que les guste mi humilde colección —dijo el señor Fukuda, que había hecho acto de presencia por una de las puertas que había al otro lado de la estancia. Tal y como tenía a todos acostumbrados, vestía de manera impoluta.

—Es muy interesante —contestó Jaime. El resto de sus hombres dieron la espalda a la exposición y se dispusieron en torno a su jefe, como si quisieran dejar patente su fuerza. La tensión podía masticarse en ese momento, aunque esta vez fue Jaime el que se mostró más conciliador, alabando cada una de las piezas.

—Me ha costado mucho tiempo y dinero reunirlas —dijo el señor Fukuda, contemplando su propia obra. No escondía el orgullo que sentía al compartir aquel particular botín.

—¿Puedo preguntarle qué es ese objeto de ahí? Ese cuchillo tan extraño. —Señaló el líder de los picassianos.

El señor Fukuda esbozó una media sonrisa antes de contestar.

—Se trata de un arma que utilizaban los soldados para sortear las armaduras. Se lanzaban sobre sus víctimas, buscaban un resquicio y herían a su enemigo. No son muy comunes.

El interés de Jaime Horteza por el cuchillo no iba más allá del mero interés, pero aun así escuchó con atención todo lo que le contó el señor Fukuda. Este hablaba con entusiasmo, aunque no fue del todo sincero respecto al cuchillo. El valor sentimental de aquella arma radicaba en el hecho de que fue utilizada por el anciano en su primer crimen, cuando no era más que un matón a sueldo, hace ya muchos años. Ese cuchillo lo acompañó toda su vida criminal hasta que dejó de ensuciarse las manos con la sangre de sus oponentes. Por ello lo guardaba con gran cariño y lo exhibía como si se tratase de una pieza de gran valor.

Una vez que terminaron de hablar de las piezas, todos los allí presentes, unos quince o dieciséis hombres, se sentaron en una gran mesa. Pronto varios sirvientes comenzaron a traer bebidas y pequeños aperitivos, que repartieron entre todos. El señor Fukuda y Jaime Horteza ocupaban sendos cabezales de la mesa. En ese momento, uno de los españoles, tras un gesto de su superior, sacó su móvil y envió un mensaje. La reunión había comenzado oficialmente, por lo que era la oportunidad para que varios de sus hombres se internaran en la otra residencia del anciano y comprobaran qué escondía con tanto celo.

—Bien, señor Horteza, permítame que sea el primero en tomar la palabra. Es evidente que hay diferencias entre nosotros. Puede que sea una cuestión cultural o que las cosas no quedaron claras desde un primer momento. Sea lo que sea, no estamos aquí para reprocharnos nada, sino para llegar a un nuevo acuerdo que nos permita sacar este negocio adelante.

—Me parece bien, y quiero que sea justo esa mi intención —contestó Jaime. Sin embargo, lo único que le preocupaba en ese momento era saber qué había en esa casa del norte de Tokio. No le faltaba mucho tiempo para descubrirlo.

CAPÍTULO 40

La noche había caído definitivamente sobre Tokio cuando el hombre de Jaime Horteza que estaba junto a la residencia recibió el mensaje.

—Es la hora.

Los otros dos hombres que lo acompañaban asintieron y ajustaron el silenciador a sus pistolas. En los bolsillos llevaban pasamontañas para evitar ser reconocidos, aunque estos se los pondrían una vez que estuvieran dentro de la propiedad.

—Es un barrio tranquilo. En esta calle, en la que estamos, hay un poco más de tráfico, pero las aledañas están solitarias. Iremos hasta allí y saltaremos por el primer punto que podamos.

—¿Y los guardias?

Se refería a los hombres del señor Fukuda que vigilaban el lugar. En ese momento, eran tan solo dos y se limitaban a permanecer en el interior del coche.

—Estoy seguro de que no serán ningún inconveniente. ¡Vamos allá!

CAPÍTULO 41

HIRO HABÍA CONSEGUIDO SALIR airoso de la situación. Nuria era inteligente, pero a veces su inocencia la traicionaba. La realidad era que ella había desarrollado tal afecto por Hiro que no valoraba la opción de que no estuviera contándole la verdad. Al igual que él, sus sentimientos hacia el japonés le habían afectado, ya que experimentaba cosas que desconocía. Ya había estado antes con otros hombres, relaciones esporádicas sin más, ya que por su trabajo no le gustaba anclarse a nada ni a nadie, pero con Hiro toda la teoría se venía abajo. Incluso había momentos en los que ella misma se sorprendía por pensar en algo parecido a un futuro junto a él. Cuando eso ocurría, Nuria se sonrojaba y procuraba convencerse de la inmensa estupidez que era todo aquello. Sin embargo, su voz interior insistía: «¿Por qué no?».

Después de sorprender a Hiro, estuvieron hablando unos minutos antes de hacer el amor. La pasión y todo lo que sentían el uno por el otro iba en aumento sin que ninguno pudiera hacer nada por evitarlo.

Ya de noche, Nuria regresó a la casa siguiendo la orilla del lago. Estaba hambrienta y quería preparar algo de cenar. Hiro se había ido a la ducha y tardaría unos minutos. Pensó en preparar un poco de pasta con salsa. El estómago rugía ante tal idea. Sin embargo, mientras caminaba abrazada por la oscuridad, se fijó en unos bultos que había al final del jardín. Este era demasiado grande como para que recordara todos los detalles, pero estaba seguro de que lo que fuera eso, antes no estaba. A ojos de Nuria, parecían tres grandes rocas.

No le prestó atención y siguió su camino hasta que una de las supuestas piedras se desplazó varios metros a la derecha. Su corazón comenzó a latir más deprisa.

—¿Hola? ¿Hay alguien ahí? —preguntó a media voz. Por un momento creyó que las tres piedras susurraban entre sí. Fue entonces cuando metió la mano en el bolsillo y sacó su móvil para encender la linterna. Apenas encendió la luz, comprobó lo que estaba ocurriendo. Las tres piedras oscuras eran en realidad tres hombres que se abalanzaron sobre ella en cuanto los iluminó.

Nuria intentó correr y pedir ayuda, pero uno de ellos la redujo en el suelo y le tapó la boca para que no hiciera ningún ruido.

—No hagas ninguna tontería. No vamos a hacerte daño —le dijo el hombre que le estaba tapando la boca con las manos. Ella movió la cabeza de arriba abajo. Un fugaz pensamiento frío le hizo saber que su única oportunidad de escapar de aquellos hombres era Hiro. No obstante, este debía seguir en la ducha, ya que no lo veía a través de las ventanas.

—¿Tú eres la española que trabaja para el viejo japonés? —preguntó otro.

Nuria intuyó que se refería al señor Fukuda y asintió de nuevo.

—¿Sí? Eres la experta en arte, ¿verdad?

Ella movió la cabeza otra vez. Sus ojos, exageradamente abiertos, expresaban el miedo que sentía en aquel momento. Un tercer hombre, que mantenía cierta distancia, intervino.

—Esta es la gallina de los huevos de oro del señor Fukuda.

Por eso sus falsificaciones son consideradas originales y puede venderlas por una fortuna. Fíjate, si no es más que una niña.

Nuria no supo si el estrés de la situación no le permitió escuchar correctamente lo que había dicho ese hombre, aunque la intervención de quien le tapaba la boca le aclaró todas sus dudas.

—Pues ya hemos cumplido. Ya sabemos dónde se esconde la verificadora del viejo. Ahora vayámonos e informemos a Jaime.

—¿Sin más? ¿Qué garantías tenemos de que no avisará a los japoneses?

El que parecía ser el líder de aquel improvisado comando se frotó el pasamontañas que le tapaba el rostro.

—No creo que seas tan estúpida, ¿no? —dijo mirando a Nuria a los ojos. Esta asintió—. Así me gusta. Aquí no ha estado nadie; todo esto no ha sido más que producto de tu imaginación o un mal sueño, lo que prefieras. Lo entiendes, ¿verdad? Ahora voy a quitar la mano de tu boca; nada de gritos.

El hombre cumplió y retiró lentamente la mano. Nuria cumplió su palabra y se mantuvo en silencio mientras se secaba las lágrimas que le caían por las mejillas. Los hombres la observaron unos segundos antes de perderse de nuevo en la oscuridad del jardín más alejado de la casa. Se acercaron a uno de los árboles y treparon por el tronco hasta alcanzar una de las ramas más bajas, cuya longitud le hacía alcanzar la calle. No eran especialmente ágiles, pero uno a uno consiguió salir de la residencia del señor Fukuda.

CAPÍTULO 42

Hiro salió de la casa cinco minutos después de que los hombres de Jaime Horteza hubieran amordazado temporalmente a Nuria. De hecho, apenas dio un par de pasos cuando se percató de que la joven estaba de pie junto al lago. Le pareció extraño que estuviese allí sola y más cuando le había dicho que estaba hambrienta y que iba a preparar la cena.

—¿Nuria? ¿Qué haces ahí? —dijo Hiro con una sonrisa. No era capaz de imaginar las drásticas consecuencias de la «visita» de los hombres de Horteza. Cuando llegó a la altura de la joven, se asustó al fijarse en sus ojos enrojecidos por las lágrimas y la respiración entrecortada—. ¿Qué te ha pasado? ¡Nuria!

Hiro se acercó a ella, pero para sorpresa de él, esta dio un paso atrás, evitando así que pudiera llegar hasta ella.

—¡No me toques! —gritó.

Hiro no comprendía qué estaba ocurriendo.

—Pero ¿qué pasa?

—Si hay alguien aquí que puede explicar sobre lo que está pasando, ese eres tú.

—No entiendo nada, Nuria.

—¿Por qué estoy aquí?

La pregunta le pilló por sorpresa al japonés.

—Trabajas para el señor Fukuda. ¿Qué te está pasando?

Nuria estaba roja de ira.

—Para un delincuente, ¿verdad? Durante todo este tiempo lo único que he hecho es verificar falsificaciones para después venderlas como si fuesen las originales. ¿Es mentira?

Más allá del hecho de que Nuria se hubiese enterado de la verdad, lo que más le preocupaba en ese momento era el cómo. Habían estado juntos hacía diez o quince minutos y ella no le había comentado nada. ¿Cómo era posible que de repente supiera toda la verdad?

—Pero…

—Dime que no es verdad; dime que todo lo que estoy haciendo aquí es honrado —sollozó Nuria. Hiro agachó la cabeza. Era incapaz de continuar engañándola.

—Tienes razón, Nuria.

En ese instante, la joven sufrió un arrebato y comenzó a golpear a Hiro, que se limitó a encajar los golpes como buenamente pudo mientras con sus brazos trataba de detenerla.

—¡Estafadores! ¡Delincuentes!

—Nuria, por favor, déjame…

—¡No! Confiaba en ti y me has fallado.

—Ya sé que te he fallado y no hay cosa que me duela más que eso, pero no estaba en mis manos decirte la verdad. No podía.

—¿Y quiénes son esos hombres? —le interrogó Nuria señalando hacia el punto concreto por donde los había visto marcharse.

—¿De qué hombres estás hablando?

Nuria rompió a llorar de nuevo. Estaba muy alterada.

—Han entrado unos hombres aquí, Hiro. Me sorprendieron cuando me dirigía a la casa. Ellos me preguntaron si era la experta que trabajaba para el señor Fukuda. Ellos me dijeron lo de las falsificaciones.

Hiro no pudo soportar la idea de que Nuria hubiera estado en peligro. La estrechó entre sus brazos y la miró de arriba abajo.

—¿Te han hecho algo?

—No, estoy bien. ¿Quiénes son? No eran japoneses.

—¿Dirías que eran españoles?

La pregunta de Hiro llenó de dudas a Nuria. No se había fijado en eso, pero al recordar el momento y el acento que tenían creyó que no sería ninguna idea disparatada el que fueran españoles.

—Iban con pasamontañas y no… Hablaban español, además sus ojos no tenían rasgos asiáticos.

Hiro asintió. La cabeza le daba vueltas.

—Vayamos a la casa de inmediato.

Caminaron hasta la casa. Hiro cogió una de las armas que estaban escondidas y registró la casa mientras los guardias del exterior se quedaban junto a Nuria. Tras cerciorarse de que no había rastro de nadie más, aseguró las puertas y ventanas y comprobó los sistemas de seguridad.

—En todo el jardín había sensores de movimiento, ¿por qué no han saltado? —preguntó Hiro señalando hacia la pantalla del ordenador.

—El señor Fukuda… —respondió uno de los guardias—. Los desconectamos cuando vino el señor Fukuda. Dijo que quería pasear por el jardín. Apagamos los sensores para evitar que las alarmas sonasen sin motivo.

—¡Maldita sea! Esos cerdos han tenido suerte. Vuelve a activarlos de inmediato —ordenó Hiro. Después se acercó a Nuria, que estaba hecha un ovillo en el sofá.

—Ya ha pasado. Estás a salvo.

—No pienso seguir haciendo esto, Hiro.

El japonés asintió.

—Yo te ayudaré a solucionarlo todo, ¿de acuerdo?

—¿Serás sincero conmigo? —preguntó Nuria.

—Se acabaron los secretos.

Los dos se fundieron en un cálido beso ante la sorpresa de los guardias.

CAPÍTULO 43

Hiro dejó a Nuria y fue a comprobar la seguridad del recinto, el cual pensaba que era inexpugnable. Según ella, los agresores habían salido ayudándose de la rama de un árbol, que sobresalía a la calle. Se acercó hasta el árbol en cuestión y lo comprobó por sí mismo. Al encender la linterna, comprobó la existencia de muescas en la corteza, además de que la rama era lo suficientemente gruesa como para soportar el peso de una persona.

—Bastardos.

Se dio la vuelta y se dirigió al cobertizo. Allí debería encontrar una sierra eléctrica para cortar la rama justo en ese momento. Trasteó un poco para buscarla. Cuando la encontró, salió de nuevo al jardín y se acercó al árbol, dispuesto a cortar la rama. La hoja metálica de la sierra lamía ya el tronco cuando uno de los guardias apareció corriendo por el jardín:

—Hiro. ¡Se ha ido! ¡La europea se ha ido!

El joven no daba crédito. Soltó la sierra y corrió hacia el guardia. Lo primero que hizo fue derribarlo al suelo con un puñetazo.

—¿Cómo se puede ser tan inútil? ¿A dónde ha ido?

El guardia, aturdido por el golpe que acababa de recibir, no podía levantarse del suelo.

—Cuando saliste del jardín, comenzó a hablar con nosotros. En otras circunstancias, no habríamos seguido la conversación, pero con lo que acababa de sufrir pensamos que quizás le vendría bien. Quería saber dónde se encontraba el señor Fukuda y...

—¿Le has dicho dónde está el señor Fukuda?

—Le dije que probablemente se encontrara en su casa del centro de la ciudad y... —Hiro calló al guardia cogiéndole de la solapa de la chaqueta y moviéndolo de un lado a otro.

—¿Le has dado la dirección exacta?

—No pensaba que se iba a escapar.

Otro puñetazo de Hiro dejó a aquel hombre al borde de la inconsciencia. Sacó su móvil y llamó al señor Fukuda, aunque no contestó.

—Vamos, vamos. —Colgó y llamó de nuevo, pero nadie respondía. Los problemas se le acumulaban. De nuevo, cogió al guardia y lo levantó en volandas.

—¿Sabes cuándo se va a celebrar la reunión entre el señor Fukuda y los españoles?

—En estos momentos se tiene que estar celebrando. Iba a tener lugar en la propia casa del señor Fukuda.

Hiro soltó al guardia y salió corriendo.

—Nuria va hacia allí.

CAPÍTULO 44

Tras todo lo vivido en el ala psiquiátrica del hospital, Camille vio oportuno regresar al Umbral en busca de consejo. El hombre que había sido asesinado fue ingresado antes porque decía que alguien lo estaba siguiendo. El muy desgraciado no estaba loco, ya que al final era cierto. Lo perseguía un alma demoniaca, un demonio que portaba en sus manos una «infame», un arma de terrible poder que abrasaba la piel que atravesaba.

Sabía a quién tenía que buscar en el Umbral de los Muertos. No estaba segura de conseguir su ayuda, pero no tenía otra opción por el momento. Así que, sin perder más tiempo, se dirigió a las puertas del Reino Oscuro. Una oscuridad absoluta, casi palpable con las manos, separaba el Umbral del Reino de Cerbero. A partir de ahí todo le pertenecía al gigantesco can y su autoridad era completa. Camille sabía que entrar en el Reino Oscuro era quedar a voluntad de Cerbero, por lo que se detuvo ante aquel muro de oscuridad y esperó a que fuera él quien acudiera hasta ella. No tuvo que esperar mucho para ver surgir de la oscuridad la colosal figura de Cerbero.

—*Dichosos los ojos* —dijo Cerbero—. *¿A qué se debe este honor, Camille?*

Una de las cabezas de Cerbero, ajena por completo a la conversación, lanzó varios ladridos a la inmensidad de su reino.

—*Necesito tu ayuda.*

Camille optó por ir al grano, pese a que sabía de las consecuencias que tendrían en Cerbero. En efecto, este comenzó a reírse a carcajadas ante Camille.

—*¿Y por qué iba a ayudarte? ¿Es que ahora somos amigos?*

Camille ya esperaba la reacción de Cerbero, pero contaba con un comodín que esperase que fuese suficiente para convencer al can.

—*Voy detrás de una «infame».*

Eso llamó la atención de Cerbero.

—*¿Una «infame»? Imposible.*

—*Un cuchillo de empuñadura púrpura y hoja ancha. ¿Sabes de lo que estoy hablando? Abrasa la piel que corta.*

—*¿Y quién la empuña si puede saberse?*

Camille sonrió para sus adentros; ya tenía a Cerbero justo donde deseaba.

—*Un demonio.*

Las tres cabezas de Cerbero se centraron en Camille, que sabía que había empleado las palabras perfectas. Las almas demoníacas o demonios tenían su cabida en el Reino Oscuro, donde permanecían para el resto de la eternidad. Allí el poder de estos seres no se incrementaba ni tampoco podían regresar al Mundo de los Vivos, que era el más vulnerable a estos tipos de seres. El problema era que si un alma demoníaca adquiría demasiado poder, resultaba muy difícil dominarla y hacerla regresar al Umbral, donde todavía seguiría siendo una amenaza e incluso podría levantar a las almas del Reino Oscuro contra Cerbero.

—*Ya ha asesinado a una decena de personas y no creo que esté en sus planes el detenerse. Necesito tu ayuda, Cerbero. Esto también te beneficia a ti. Ya sabes lo que pude suponer que un demonio se torne demasiado poderoso: eso nos traería problemas a todos.*

Las tres cabezas del monstruoso perro asintieron levemente.

Camille creyó que lo había conseguido, pero entonces, de súbito, recordó el alma de la mujer que ella se encontró días atrás. Una de las cabezas de Cerbero cogió el alma entre sus fauces y lo arrojó al Reino Oscuro. De pronto, Camille se sintió una estúpida: «¿Cómo no he podido verlo antes?».

—*No hace mucho te llevaste a una mujer en tus fauces. ¿Por qué? ¿Quién era?*

Cerbero retrocedió y lanzó tres furiosos rugidos.

—*Nadie importante. Una de las infinitas almas que vagan por aquí.*

Sin embargo, la explicación no fue convincente para Camille.

—*Ya lo sabías, ¿verdad? Intentabas ocultarlo.*

—*Solo una «infame» puede herir a un alma. En cuanto vi a esa desgraciada supe que había sido asesinada con una «infame», pero no sabía que fuera un demonio el que empuñase el arma.*

—*¿Dónde está esa mujer?*

—*A buen recaudo* —contestó Cerbero.

Camille suspiró.

—*¿Qué quieres a cambio de ella?*

—*¿Por qué la quieres?*

—*Porque puede ser la mujer que dio lugar a la perturbación de energía que atrajo al alma demoniaca y le permitió cruzar al Mundo de los Vivos.*

Cerbero reflexionó mientras se movía de un lado a otro.

—*Tráeme a ese demonio y te entregaré a la mujer.*

Camille aceptó la oferta de inmediato pese a que no estaba muy segura de cómo iba a atrapar a ese demonio. En su primer encuentro ya le había demostrado el poder que tenía e incluso le había herido en el brazo. Estaba a punto de marcharse cuando recordó otro detalle del alma que vio.

—*Una cosa más* —dijo Camille, recordando el nombre que el alma repetía una y otra vez.

—*Oh, ¿qué te ocurre ahora?*

—*El alma de la mujer, ¿tiene alguna peculiaridad aparte de las heridas?*

—Es lo último que voy a decirte hasta que me traigas a ese demonio. Esa alma no para de repetir el nombre que le fue dado en el Mundo de los Vivos, «Marga»: es un eco constante que resulta de lo más molesto.

«Es Marga Estrada», pensó Camille. La hija de aquella pobre mujer había sido declarada desaparecida en Japón y había intentado en varias ocasiones conocer los detalles de la investigación, aunque no tenían nada que decirle. Camille intuyó que la mujer debía estar desesperada por tener noticias de su hija y que todo lo que había ocurrido con el demonio no era más que un accidente fruto de su desesperación.

—Necesito a esa mujer para solucionar todo esto —dijo Camille—. Lo último que queremos es que esto vuelva a repetirse.

—¡Y yo necesito a ese demonio! Tráemelo o destrúyelo y te entregaré a esa mujer. Tienes mi palabra.

Camille observó a Cerbero y pensó en sus posibilidades. Confiar en la palabra de Cerbero no era algo recomendable, ya que este carecía de cualquier código ético. Todos sus actos estaban motivados por su propio beneficio y las cuestiones del resto le importaban bien poco.

—No me queda más remedio que aceptar —dijo Camille a sabiendas de que se estaba plegando a las exigencias del can—. ¿Qué más puedes decirme de la «infame»?

—Me temo que sabes más de ella que yo. Lo que sí puedo decirte es que cuando acabes con el demonio, la «infame» desaparecerá con él.

CAPÍTULO 45

EL INSPECTOR ENRIQUE GARCÍA no daba crédito a lo que encontró. Le habían dado acceso al servidor donde se almacenaban las grabaciones de las cámaras de seguridad del hospital. La planta de psiquiatría contaba con un mayor despliegue de seguridad, ya que los clientes eran más inestables y, por lo tanto, más problemáticos. Este detalle reforzó las esperanzas del inspector de averiguar qué había sido de la supuesta agente del Ministerio del Interior.

—Tenemos el testimonio de la enfermera. Era ella: la agente Collado.

—Creo que ya lo tengo —dijo el subinspector León, que tenía algunos problemas para acceder al servidor.

—No andamos muy bien de tiempo —refunfuñó Enrique observando el reloj.

Acto seguido, en la pantalla del portátil aparecieron una veintena de ventanas, cada cual mostraba las grabaciones de cada una de las cámaras.

—¡Lo tenemos!

—Bien, ajusta la hora. Quiero ver qué ocurre en el pasillo diez minutos antes de la llegada de nuestra agente. Atento a cualquier detalle.

El subinspector asintió e introdujo los valores. Después reprodujo el vídeo al doble de velocidad.

—¡Ahí está! —exclamó el inspector. En la pantalla del ordenador se mostraba la imagen de Camille entrando, acercándose por el pasillo.

—Ha entrado en la habitación —señaló el subinspector.

—Se supone que debe de salir en algún momento antes de nuestra llegada.

Ambos asintieron y aumentaron la velocidad de la grabación, esperando que la mujer saliera de la habitación. Sin embargo, para su sorpresa, la agente Collado no cruzó la puerta. Los inspectores aparecieron en la grabación y seguían sin rastro de la agente, lo que carecía totalmente de sentido.

—Tiene que ser una broma. ¡Tiene que ser una maldita broma! —exclamó Enrique—. Reproduce el vídeo de nuevo. Es imposible.

El subinspector obedeció y reprodujo las grabaciones otra vez, pero tal y como se esperaban, mostraron la misma secuencia de imágenes.

—Es imposible que saliera por la ventana porque estas están bloqueadas para no permitir que se abran más de tres centímetros. Tuvo que hacerlo por la puerta.

—Pero no hay imágenes, señor.

El inspector García golpeó la mesa con las palmas de las manos y respiró agitado.

—¿Qué vamos a hacer? —preguntó el subinspector León.

—Vamos a hablar con el comisario Mendieta. Tenemos que contactar con el Ministerio del Interior.

CAPÍTULO 46

EL COMISARIO Mendieta escuchó con atención al inspector García. Le había llegado la noticia del asesinato de Jaime Horteza, aunque desconocía el dato de la presencia en el hospital de la agente Collado.

—¿Así que esa mujer estaba por allí merodeando? —preguntó.

—No solo estaba allí, comisario, sino que entró en la habitación de Jaime Horteza segundos antes de que este fuera asesinado. No soy ingenuo, sé que a veces el Ministerio del Interior intercede en algunos casos, no suelen avisar y siguen sus propias normas, pero todo esto es demasiado extraño. ¿Y si esa mujer es quién está acabando con los picassianos? Sé que es una idea absurda, pero a estas alturas no sé qué más pensar. Puede que estemos compartiendo información con una sicaria y no seamos capaces de verlo.

—De ser así, ¿por qué iba a asesinar a Marga Estrada?

La tímida pregunta del subinspector los pilló por sorpresa.

—Eso no nos importa en este momento. El hilo conductor que une los asesinatos son las heridas de las víctimas y la presencia de esa mujer. En cuanto a las heridas, lo reconozco, no tenemos la menor idea de qué pudo causar esas heridas. ¿Qué nos queda? ¡Esa mujer! —exclamó el inspector Enrique.

Sus palabras terminaron de convencer al comisario Mendieta de dar el siguiente paso: contactar directamente con varios delegados para confirmar la identidad de esa mujer. El problema era que su petición quedaría archivada, lo que podría acarrearle problemas a largo plazo.

Les pidió a los inspectores que lo dejaran a solas y realizó la llamada. Ese comodín envenenado. Se mantuvo sentado durante toda la conversación, tranquilo, haciendo las preguntas idóneas y dando las respuestas que sabían que querían escuchar al otro lado del teléfono. Al cabo de unos diez minutos, hizo un gesto a los inspectores para que volvieran a entrar. Enrique no quería precipitarse, pero su intuición le había hecho percibir cierta urgencia en los gestos del comisario. No se equivocaba.

—Les he aportado tanto el nombre de la supuesta agente Collado como su descripción física —dijo el comisario Mendieta—. Me han asegurado de que no tienen ninguna agente investigando la muerte de los picassianos. Esa mujer, sea quien sea, no tiene relación alguna con el Ministerio del Interior.

—¡Lo sabía! —exclamó el inspector García—. No le queda más remedio que ser la asesina.

CAPÍTULO 47

Desde donde se encontraba, Hiro calculó que un taxi llegaría a la residencia donde se celebraba la reunión entre el señor Fukuda y los españoles en poco más de cuarenta minutos. Si, además, tenía la mala suerte de que el taxista estuviera al tanto de quién era el señor Fukuda, el tiempo del trayecto podía reducirse unos diez minutos.

A esto tenía que añadirle que no sabía exactamente el tiempo que había transcurrido desde la marcha de Nuria hasta que el guardaespaldas lo advirtió, lo que le dejaba en una posición muy delicada.

No podía arriesgarse a perder más tiempo buscándola entre las calles aledañas. Nuria estaba fuera de sí, tanto por lo ocurrido con los asaltantes como por saber que formaba parte de un entramado criminal. En ese estado, lo más seguro era que fuera a buscar al señor Fukuda para pedirle explicaciones. Lo que desconocía Nuria era que el señor Fukuda estaba reunido con los españoles, quienes, como ya habían demostrado, estaban muy interesados en hacerse con sus servicios de manera exclusiva.

La situación era crítica.

Montó en el coche y condujo a toda velocidad hacia la residencia del señor Fukuda. Lo único que podía enderezar la situación era que él llegara antes que Nuria, si no, las consecuencias podrían ser catastróficas.

CAPÍTULO 48

Nuria le dio al taxista el triple de la cantidad que marcaba el taxímetro. No lo hizo por generosidad ni nada por el estilo, sino porque se limitó a sacar todos los billetes del bolsillo y a ponérselos en la mano. Sin perder ni un segundo, se bajó del taxi y corrió hacia el edificio.

Uno de los hombres del señor Fukuda que hacía guardia junto a la puerta la reconoció. Sorprendido por la presencia de la europea, se acercó a ella. Se percató de que estaba muy alterada, hablaba a trompicones y apenas podía entenderla.

—Quiero ver al señor Fukuda. Es urgente —dijo Nuria.

—Está reunido. Puede tardar un par de horas —contestó el hombre. Sin embargo, Nuria no se detuvo y continuó caminando. El guardia tuvo que retroceder varios pasos para cortarle el camino de nuevo.

—Le estoy diciendo que está reunido, señorita. Le daré el mensaje y el señor Fukuda se pondrá en contacto con usted lo antes posible.

—Es un asunto de vital importancia, y si no me deja pasar, se arrepentirá. El señor Fukuda perderá millones de dólares por su culpa.

Nuria decidió lanzar aquel farol como medida desesperada. Sabía que Hiro llegaría en cualquier momento. Tenía que darse prisa si quería hablar con el señor Fukuda. De qué, eso no importaba, de alguna manera necesitaba hablar cara a cara con él y expresarle todo el asco que sentía en ese momento. Por supuesto, estaba dispuesta a abandonar Japón lo antes posible. Percibió la duda en los ojos del japonés; la simple posibilidad de hacer perder a su superior tal cantidad de dinero le hacía ser cauto.

—Pero, señorita...

—No dispongo de mucho tiempo. Pienso decirle al señor Fukuda que no me permitió llegar hasta él.

La última frase de Nuria fue suficiente para que el hombre se echara a un lado y le indicara cuál era el piso del señor Fukuda. Mientras la veía alejarse en dirección al ascensor, sacó un *walkie-talkie* del bolsillo y dio el aviso al resto de guardias que había repartidos por el edificio. En ese momento, mientras Nuria subía por el ascensor hacia el piso, todos los guardias que estaban fuera del apartamento sabían que la europea se dirigía a la trascendental reunión que estaba teniendo lugar.

—Lleva información muy importante para el señor Fukuda. Repito, información muy importante. Puede que esté relacionada con la reunión.

Estas palabras, pronunciadas por el guardia que habló con ella en la puerta del edificio, fue la que permitió que Nuria Estrada no encontrara impedimento alguno para entrar en el piso del señor Fukuda.

CAPÍTULO 49

La tensión había ido creciendo en la reunión entre el señor Fukuda y los españoles. Compartían un mismo objetivo, ganar millones de dólares con el tráfico de obras falsificadas, pero cada uno quería hacerlo a su manera y no estaban dispuestos a ceder tan fácilmente. Por si no fuera poco, varios comentarios de Jaime Horteza habían mostrado su interés por la española que trabajaba para el señor Fukuda y que era una pieza clave en todo el entramado.

—Es usted muy hábil, señor Fukuda. Esto sí estoy dispuesto a reconocerlo, yo y todos mis hombres. Su principal peso en las operaciones es su influencia en Japón, su conocimiento del mercado y esa empleada, por denominarla así, que les aporta la validez necesaria a las piezas para su posterior venta.

—Unas ventas de las que todos nos beneficiamos —interrumpió el señor Fukuda—. Corríjame si me equivoco.

—En eso también estoy de acuerdo —dijo Jaime con una sonrisa irónica—. Pero comprenda que nosotros realizamos la parte sucia del negocio. Corremos un riesgo mayor que el suyo.

El señor Fukuda asintió en silencio, después repasó con la mirada a todos los españoles. Por la expresión que mostraban, intuía el anciano que estaban a expensas de algo, aguardando que algo tuviera lugar o le informaran de ello. No sabía bien cuál era el origen de ese pensamiento, pero consideró que tenía sentido. Frunció el ceño antes de contestar.

—¿Qué pretende que le diga, señor Horteza? Deje clara sus pretensiones y le diré si puedo satisfacerlas o no. En cuanto a lo del «trabajo sucio», usted ya sabía de antemano cuál era su papel en todo esto, por lo que no sé qué contestarle a eso. Usted corre más riesgo, yo invierto más dinero; eso equilibra las cosas a mi parecer.

Tras las palabras del señor Fukuda, hubo unos segundos de silencio que se asemejaron a la calma previa a la tormenta. Fue justo en ese momento, cuando todos se analizaban con la mirada, que uno de los guardias del señor Fukuda llamó a la puerta con la duda reflejada en su rostro. Había recibido órdenes directas de no interrumpir la reunión en ninguna circunstancia, y eso se apreciaba en sus gestos.

Todos los presentes en la reunión se giraron hacia él.

—¿Qué ocurre? —preguntó el señor Fukuda procurando mantener la calma, o al menos dando esa sensación. Desde su posición, pudo ver que había otra persona más allá de la entrada. No pudo reconocerla, pero estaba seguro de que no se trataba de ninguno de sus hombres.

—Creo que debería salir un momento, señor.

Jaime Horteza, ante el temor de que hubieran descubierto a sus hombres, se incorporó de inmediato:

—¿Qué falta de respeto es esta?

A su voz, el resto de los picassianos imitaron su actitud, que a su vez fue respondida por los hombres del señor Fukuda que estaban presentes en la reunión. El anciano era el único que permanecía sentado.

—No creo que sea el momento de tirar por la borda todo lo que hemos conseguido hasta ahora —dijo el señor Fukuda levantando las manos para pedir que la situación no se descontrolara.

Le gustase o no, tenía que ser diplomático con los españoles, al menos hasta que consiguiera otra manera de hacerse con las piezas originales—. El señor Horteza tiene razón, ahora, por favor, siéntense todos. Mantengamos la calma. Kotaro, vienes acompañado de una persona, ¿me equivoco?

Kotaro, que era el hombre que había interrumpido la reunión, asintió en silencio.

—Bien. ¿De quién se trata?

Kotaro no fue capaz de contestar. Todo lo que hizo fue echarse a un lado y hacer un gesto para que la persona que había tras él entrase en la sala.

CAPÍTULO 50

El corazón de Nuria latía desbocado. Más allá de la puerta abierta podía distinguir la figura del señor Fukuda. No estaba segura del todo, pero por lo poco que pudo ver parecía estar reunido con varios hombres.

El guardia que la condujo hasta allí le hizo un gesto con la mano: le indicó que pasara al interior. La adrenalina del asalto, que le había hecho ir en busca del anciano para pedirle explicaciones, se había esfumado, dejando tras de sí un pánico casi incontrolable. Aun así, sabía que ya no había vuelta atrás. Si primero quería darse prisa antes de que llegara Hiro, ahora deseaba que él estuviera allí con ella.

Entró en la sala caminando despacio, comprobando como los rostros de los hombres que se encontraban allí cambiaban rápidamente su expresión: algunos parecían alegrarse de verla; otros, como el señor Fukuda, palidecieron.

—No quería molestar —dijo Nuria.

—Me temo que es un poco tarde para ello —dijo el señor Fukuda dando un golpe en el suelo con el bastón. Llevaba semanas ocultando a la joven de los ávidos españoles, todo para que después fuera ella misma la que se delatara.

—¿Quién es esta joven, señor Fukuda? —preguntó Jaime Horteza con una sonrisa.

El señor Fukuda golpeó de nuevo el suelo. Era incapaz de controlar su ira.

—Esta, señor Horteza, es la persona encargada de verificar la autenticidad de los cuadros.

—Falsificaciones —dijo Nuria con un susurro—. Sé que todas la obras no son más que copias. Excelentes, pero copias al fin y al cabo. No son más que delincuentes.

El silencio se propagó por la sala, aunque algunos de los españoles comenzaron a reírse por lo bajo. Mientras tanto, el anciano se levantó y se acercó a la joven con el rostro enrojecido por la ira.

—¿Y cuáles son sus intenciones, señorita Estrada? —No era una pregunta sin más. Sus palabras escondían una amenaza.

CAPÍTULO 51

HIRO CONDUCÍA A TODA VELOCIDAD. Los neumáticos chirriaban en cada curva y el motor rugía cada vez que pisaba el acelerador a fondo, sin pensar en semáforos o límites de velocidad. No existía en el mundo otra cosa para él que no fuera el salvar a Nuria de la estupidez que iba a realizar.

Por fin, vislumbró al final de la avenida el edificio donde se encontraba el apartamento del señor Fukuda. Se esperanzó en que los guardias no hubieran permitido pasar a la joven, se aferró a esa posibilidad con todas sus fuerzas. Sin embargo, en su interior crecía la desagradable sensación de que Nuria habría encontrado la forma de conseguir que la dejaran pasar. Su inteligencia estaba por encima de todos los matones a sueldo que trabajaban para el señor Fukuda.

Aparcó el coche enfrente de la puerta del edificio y cruzó la calle, esquivando los vehículos que la recorrían entre un sinfín de pitidos. El mismo guardia que se las había visto con Nuria minutos antes se acercó a Hiro.

—¡Hiro! ¿Qué está pasando?

—¡La europea! ¿Dónde está la europea? —gritó mientras se acercaba.

El guardia no comprendía nada.

—Ha subido. Decía que tenía que informar urgentemente al señor Fukuda.

Hiro hizo el amago de darle un puñetazo, pero pudo controlar su impulso en el último instante. Sin perder ni un segundo más se dirigió al ascensor, donde se encontró con otro par de guardias. A todos les ordenó que le siguieran.

Fue justo al llegar a la puerta del piso que sonaron los primeros disparos.

CAPÍTULO 52

—Quiero marcharme a casa —dijo Nuria—. Nuestra relación profesional se ha terminado.

El señor Fukuda se dio la vuelta como si las palabras de la joven no tuvieran relevancia alguna. En silencio se acercó al expositor, donde contempló las armas que estaban ahí como si no hubiera otra cosa mejor que hacer. Al mismo tiempo, Jaime Horteza había hecho un gesto para que los suyos mantuvieran la calma. Ante sus ojos se encontraba la española que buscaban con tanta insistencia.

—Marcharse a casa. Creo que no está en sus manos tomar esa decisión, señorita Estrada. Se encuentra en una situación complicada.

—Si no me dejan marcharme, avisaré a la policía —amenazó Nuria. Sin embargo, sus palabras se perdieron entre las carcajadas de los que se encontraban allí.

El señor Fukuda se giró y se acercó lentamente a Nuria. Portaba una extraña sonrisa en los labios. De repente, con un movimiento ágil y veloz que no se correspondía con su edad, puso la hoja del extraño cuchillo de la empuñadura morada en el cuello de Nuria. Nadie había advertido cómo el anciano había desplazado el cristal y había cogido el cuchillo.

—En ese caso, no le daría tiempo ni de coger el teléfono, señorita Estrada.

La joven se quedó petrificada y pálida.

Sin perder la sonrisa, el señor Fukuda retiró el cuchillo y regresó a la mesa donde negociaba con los españoles antes de la interrupción de Nuria. Se preguntaba cómo había llegado hasta allí y, sobre todo, qué había ocurrido con Hiro, pero no le quedaba más remedio que cerrar el acuerdo con los españoles.

—Espero que esto no cambie las cosas —dijo el anciano con un gesto amable. No obstante, el rostro de Jaime no expresaba lo mismo.

—Me temo que sí, señor Fukuda, y bastante.

—Le escucho —dijo el japonés.

—Esta mujer tiene un papel muy importante en todo el proceso, fundamental incluso. Si ella no valora correctamente los cuadros, estos no valen nada. La misma que ha amenazado con llamar a la policía si no la dejamos marchar. ¿Comprende mi preocupación? Corremos un gran riesgo.

El señor Fukuda miró a la joven; había cometido un gran error.

—¿Cómo podemos solucionar este desencuentro? —preguntó el anciano. Jaime Horteza, con el rostro pétreo, se giró hacia la joven.

—O queda bajo nuestra custodia o la silenciamos para siempre.

Nuria abrió los ojos de par en par al escuchar las palabras de Jaime Horteza.

—Es una propuesta un poco egoísta, ¿no cree? —dijo el señor Fukuda.

En esta ocasión, Jaime se mostró más tajante con sus gestos. El anciano sabía que la situación había cambiado drásticamente.

—¿Egoísta? Hemos tenido suerte de que esta estúpida haya

155

decidido venir aquí antes que ir directamente a la policía. Y por si no fuera suficiente, sus hombres la han dejado pasar como si nada. Poco le estoy exigiendo con su nefasta gestión.

—No le permito que me hable así.

La tensión acumulada estalló de repente. Los hechos se precipitaron y la situación se tornó insostenible. Tras la última intervención del señor Fukuda, la conversación se convirtió en un griterío. Todos los hombres, tanto españoles como japoneses, se gritaban entre sí.

Nuria observaba la escena, aterrada, aunque sabía también que quizás la discusión era una oportunidad para ella de escapar. Lentamente, comenzó a caminar de espaldas en dirección a la pared, desde donde esperaba correr hacia la puerta y marchase. Si no se equivocaba, estaba abierta. Una vez consiguiera salir, confiaba en escapar por las escaleras o el ascensor. No era un plan brillante, pero era lo único a lo que podía aspirar en ese momento.

Poco a poco, mientras la discusión y los gritos iban en aumento, ella se acercaba a la pared. Pasaba desapercibida para todos, o eso creía ella. Sin embargo, uno de los hombres de Jaime Horteza, al ver la intención de la joven, no dudó en sacar una pistola y disparar a escasos centímetros de ella. Tras el disparo, Nuria se tiró al suelo y los demás se agacharon. Fue entonces cuando se abrió la puerta de la sala.

CAPÍTULO 53

Hiro fue el primero en entrar. El corazón se le detuvo cuando vio a Nuria tirada en el suelo.

—¡Nuria! ¡Nuria! —Hiro se fue directamente hacia ella, ajeno a todo lo demás.

—¡Estúpidos españoles! Tirad las armas de inmediato —gritó el señor Fukuda. Después del primer disparo, como era de esperar, todos los allí presentes sacaron sus respectivas armas y en pocos segundos todos tenían un cañón apuntando hacia ellos. Que la carnicería aún no hubiera tenido lugar era por puro milagro.

Nuria, convencida de que no le habían disparado, se incorporó más reconfortada al ver a Hiro junto a ella. El japonés había buscado en cuestión de segundos el lugar donde había impactado la bala en el cuerpo de la joven.

—No me ha dado. Estoy bien —dijo Nuria.

—Le ha dado a la pared —añadió Jaime Horteza, que también tenía una pistola en las manos.

—Ahora seamos cuerdos y bajemos las armas —pidió el señor Fukuda.

—Solo si la joven se viene con nosotros.

Nuria se aferró al brazo de Hiro, aterrada ante tal idea.

El anciano miró a la joven, acurrucada junto a su pupilo y este protegiéndola.

—Nadie va a llevarse a Nuria —dijo Hiro. Él y Nuria estaban de pie junto a la puerta, mientras que el resto de los guardaespaldas del señor Fukuda que habían entrado con Hiro estaban junto a él. Superaban en número a los españoles, pero esto no parecía importarles a los picassianos.

El señor Fukuda sabía que entregarles a Nuria era quedarse fuera del negocio y, sobre todo, ir en contra de Hiro, que podía tomárselo muy mal. Sin embargo, contaba con una gran ventaja. Estaban en su territorio. Aun si les entregara a la joven, los españoles tendrían que salir de Japón y en ese intervalo él podría disponer de un plan para acabar con ellos y recuperar a Nuria, aunque esta quedaría bastante afectada. No era una idea disparatada, ni mucho menos. El principal problema era que no podía comunicársela a Hiro ni a nadie antes de ponerla en marcha.

—¿Esa es vuestra condición para bajar las armas? —preguntó el señor Fukuda.

—Así es. La señorita trabajará para nosotros a partir de ahora y si se niega…

—Tócale un pelo y te meto una bala entre ceja y ceja —dijo Hiro apuntando hacia Jaime Horteza.

—¡Hiro! —exclamó el señor Fukuda—. No es momento para volverse intransigente.

—Nadie va a llevarse a Nuria —recalcó.

—Tenemos cuestiones más importantes, ¿no te parece? —agregó el anciano.

Jaime Horteza miró a Hiro y escupió al suelo.

—Eres el único que se interpone. Sé listo y obedece.

Mientras tanto, el señor Fukuda observó el puñal que todavía tenía entre las manos. La afilada hoja se había llevado consigo numerosas vidas en sus manos. Pese al tiempo trascurrido, su metal continuaba afilado como el primer día.

—Solo queremos a la joven. Trabajará para nosotros de la misma manera que antes trabajaba para el señor Fukuda. Los falsificadores siguen siendo vuestros, pero actualizamos los porcentajes.

La situación se estaba tornando humillante para el anciano. No solo se veía obligado a ceder ante todo lo que Jaime Horteza le proponía, sino que Hiro, su propio pupilo, tampoco le obedecía. Y una cosa estaba clara, cuanto más tiempo Hiro se negara a entregar a Nuria, más complicada se volvía la situación.

—Hiro, no es momento de discutir, entrégales a la europea. Ya hablaremos más adelante.

—Por encima de mi cadáver —contestó Hiro.

—Eso tiene fácil solución —señaló Jaime Horteza.

El traqueteo metálico de las armas se extendió por la sala como si de un preludio se tratase.

—¿Vamos a morir todos por este desgraciado? —insistió Jaime. Sus palabras no eran gratuitas. Estaba viendo con sus propios ojos como el anciano miraba cada vez con más desesperación hacia ese joven. En una cuestión de vida o muerte, el señor Fukuda tendría que tomar una decisión.

—Ahora Nuria y yo nos vamos a ir. Si intentan seguirnos…

—No vas a ninguna parte, imbécil —dijo el señor Fukuda. El propio Hiro se sorprendió de la reacción del anciano. Sin embargo, este no se quedó ahí. Aprovechando los segundos de desconcierto, agarró el puñal e hizo el amago de lanzárselo a Hiro. Pero su cuerpo no reaccionó con la velocidad ni la precisión que ese movimiento requería. El anciano arqueó el cuerpo para conseguir el impulso y la velocidad que sus brazos no podían imprimir en el arma, dándole el tiempo necesario a Hiro para reaccionar y anticiparse. Este ya había asimilado que la vida que conocía hasta ese momento se había acabado y que lo que primaba en aquel instante era que Nuria y él salieran libres y con vida del edificio. Por ello, en cuanto Hiro advirtió la intención del anciano, no dudó en dispararle. Fue un solo disparo, pero la bala impactó al señor Fukuda a la altura del pecho, muy cerca del corazón. Jaime Horteza y el resto de los españoles dieron un paso atrás para no verse perjudicados en un posible conflicto entre los japoneses. No obstante, el resto de los hombres del señor Fukuda tardaron en reaccionar, impresionados al ver a su jefe, durante tantos años ileso, herido de muerte.

El anciano soportó el impacto y no cayó al suelo en un primer momento, aunque pronto el dolor y la abundante pérdida de sangre acabarían por doblegarlo. Por el contrario, Hiro sabía que era su oportunidad para escapar. Cogió a Nuria de la mano con todas sus fuerzas y salieron corriendo por la puerta. El anciano, arrodillado, contempló con rabia cómo su hombre más fiel hasta entonces escapaba tras haberle disparado. En su mano derecha continuaba el puñal, manchado esta vez con gotas de su propia sangre.

El resto de sus hombres lo rodearon y llamaron a una ambulancia. La prioridad no era atrapar a Hiro y a la europea, sino salvarle la vida al señor Fukuda. Sin embargo, estaba sentenciado. A los pocos segundos se estremeció y cayó al suelo, encogido como si de un niño se tratase.

Sus hombres se quedaron petrificados, sin saber qué hacer. ¿Qué se supone que debía ocurrir? Se miraron entre sí, esperando que alguno diera el paso y se encargara de suplir al anciano, pero ninguno se atrevió. Curiosamente, fue Jaime Horteza quien mejor supo interpretar la situación.

—Esto es inaceptable. Ese miserable debe pagar por lo que ha hecho —dijo intentándose ganar el favor de los japoneses.

Minutos antes Kirai había ingresado al lugar y se había enterado de lo sucedido. Al ver el cadáver de Fukuda cerró los puños y dijo:

—Ambos se merecen la muerte —Consiguiendo que el resto de los suyos apoyara sus palabras.

—No puedo estar más de acuerdo —continuó Jaime Horteza —. Han de morir; tienen que pagar por todo esto. Soy consciente de nuestras diferencias, pero estoy dispuesto a poner mis hombres a vuestro servicio para acabar con esa rata traidora.

Los japoneses miraron a Kirai y asintieron en señal de aprobación a las palabras del español. Esto allanaba el camino de Jaime Horteza. Para este, tanto Hiro como la chica se habían convertido en un serio problema. Primero porque la joven podría delatarlos en cualquier momento, y eso no podía consentirlo, y segundo porque, al tener que matar a Nuria, las ganas de venganza del japonés serían terribles.

—Hay trato. Cazaremos a ese desgraciado —dijo, finalmente, Kirai.

CAPÍTULO 54

Hiro y Nuria salieron corriendo del edificio, se subieron al coche y arrancaron a toda velocidad. Él estaba concentrado en la carretera y ella miraba hacia atrás todo el rato. Las lágrimas seguían cayendo por su rostro.

—¿Qué acaba de ocurrir? ¿Qué acaba de ocurrir? —repetía en un bucle nervioso.

—Todo irá bien —dijo Hiro. Sin embargo, hasta Nuria advirtió la preocupación en el tono de su voz.

—¿Cómo puedes decir algo así? ¡Has asesinado al señor Fukuda! Yo…

—Lo he hecho porque iba a arrojarme el cuchillo. Pretendía entregarte y yo no iba a permitirlo.

Nuria miró a Hiro, agradecida por lo que acababa de escuchar. Ese hombre se lo había jugado todo por ella, por lo que lo mínimo que podía hacer era no reprochárselo. En su cabeza estaba grabada la imagen del señor Fukuda, cayendo de rodillas con el rojo de su sangre mostrándose en su pecho. Hasta hacía un par de horas, para Nuria era un excéntrico millonario que estaba dispuesto a convertirse en un mecenas. Fue cuando esos hombres asaltaron la casa cuando ella descubrió en qué estaba metida realmente. Todo lo que pasó después fue como una película, un huracán de acontecimientos que la había llevado a estar sentada en un coche con destino a saber dónde.

—No nos sigue nadie —dijo Hiro. El sudor cubría su frente, donde se reflejaba la luz anaranjada de las farolas.

—¿A dónde vamos? —preguntó Nuria con temor.

—Lejos de Tokio. La ciudad no es segura. Habrán puesto precio a nuestras cabezas. Cualquiera que quiera sacarse una buena tajada solo tiene que buscarnos.

—¿De qué estás hablando? Yo no he hecho nada —dijo Nuria.

—Eso no les importa.

—Pues vamos al aeropuerto o a la embajada. Salgamos de Japón.

—Tú te irás en ese instante. Eres europea, no tendrás problemas. Yo, en cambio, necesito más tiempo. Tengo que aclarar algunas cosas.

Nuria se revolvió en el asiento.

—No pienso dejarte solo, ¿te queda claro? No después de lo que has hecho por mí.

—Pero mientras estés en Japón, tu vida estará en peligro.

—No me importa, Hiro, si estoy contigo.

Hiro la miró y le sonrió con ternura. Estaba convencido de que podría solucionarlo todo. Solo necesitaba un poco de tiempo. Tenía acceso a las cuentas corrientes del señor Fukuda, incluso a algunas de las que nadie sabía su existencia, ya que era el propio Hiro quien se mostraba como titular de ellas. El dinero, por lo tanto, no era ningún problema.

—¿Dónde podemos escondernos?

—En Mizukami. El pueblo donde nací. Hoy en día es prácticamente un lugar abandonado, por lo que podremos pasar desapercibidos. Conozco muy bien el terreno, por lo que tendremos varias vías de escape si la situación se complica.

—Suena bien. ¿Está muy lejos?

—A un par de horas. Pero cada kilómetro que nos alejemos de Tokio estaremos más a salvo.

CAPÍTULO 55

Camille regresó del Umbral de los Muertos nada más terminar su acuerdo con Cerbero. Él tenía en su poder a la mujer que había atraído ese demonio hasta el Mundo de los Vivos; debía hacerle un par de preguntas. Debía averiguar cómo había conseguido abrir un portal y si podía guardar alguna relación con el demonio que lo había atravesado.

Era una tarea compleja, sobre todo porque atrapar un demonio no era nada fácil. Albergan mucho poder y lo empleaban sin reparo, no les importaba alterar las vidas de los vivos. Sin embargo, Camille sí debía mantener un cierto equilibrio, lo que hacía que el enfrentamiento fuese muy difícil de abordar para ella. Además, después del encuentro del hospital había experimentado el mal genio de aquel ser. Ya se había enfrentado antes a demonios, pero lo cierto era que a ninguno tan poderoso como ese.

De nuevo en Barcelona, recordó el terrible aspecto del alma que Cerbero custodiaba en su mundo. Se trataba de Marga Estrada, la mujer que abrió el portal y permitió que aquel demonio regresara al Mundo de los Vivos. Su hija había sido declarada desaparecida en Japón y se dedicaba al mundo del arte. Quedaba claro que ese nexo debía ser tomado en cuenta, ya que el resto de las víctimas del demonio eran miembros de la banda de los picassianos.

El problema era que apenas tenía información de la hija de Marga. Necesitaba conocer más de ella para avanzar en la investigación. Con esta intención se trasladó hasta la comisaría, utilizaría la coartada de agente del Ministerio para conseguir acceder a los informes lo antes posible.

Al llegar a la comisaría entró al vestíbulo, decidida, con la mirada alta y dirigiéndose directamente al mostrador que había. Dar sensación de seguridad y no dudar ni un segundo eran las claves para que todas sus mentiras pasaran por verdades. No advirtió nada extraño hasta pasado unos minutos, cuando varios agentes que había en una mesa comenzaron a mirarla fijamente. No le dio más importancia y continuó hablando con la mujer que había al otro lado del mostrador. Cuando regresó la mirada a la mesa, vio que los agentes ya no se encontraban allí, sino que se dirigían apresurados hacia uno de los despachos del fondo.

—Algo va mal —dijo para sí misma.

Otros agentes que había por allí comenzaron a hablar sutilmente con los labios pegados a los *walkie-talkies*, como si no quisieran que sus palabras fueran oídas. Sin embargo, aparte de unas pocas personas que esperaban para renovar su carné de identidad, no había nadie más. La agente del mostrador le dijo que tendría el informe listo en un par de minutos, que podía esperar allí mismo. Camille se lo agradeció, comprobó la hora y aguardó con las manos en los bolsillos.

No eran imaginaciones suyas. Los agentes estaban pendientes de ella, vigilaban cada uno de sus movimientos. Para terminar de corroborar su teoría, se acercó hasta una de las ventanas, una que estaba cerca de la puerta, y de repente giró y tomó la dirección de la puerta como si pretendiera marcharse. A sus espaldas percibió el ajetreo de los agentes y las voces que alertaban de su intento de salir de la comisaría. Ya no tenía dudas: iban tras ella. Lo que la agente del mostrador le dijo no era más que una treta para ganar tiempo, nadie le estaba preparando el informe.

Segundos después, aparecieron agentes por todas partes y la rodearon.

—Se le acabaron los trucos, agente Collado.

Camille reconoció la voz que sonó a sus espaldas. Era la del inspector Enrique García. Se giró y confirmó sus sospechas. El inspector la miraba como el cazador que observa una pieza recién cazada.

—No le entiendo, inspector —dijo Camille. Estaba en clara inferioridad, ya que no podía hacer uso de sus poderes. Tenía que seguir las reglas del Mundo de los Vivos, al menos mientras hubiera testigos.

Sin embargo, Enrique no contestó. Hizo un aspaviento con la cabeza y un par de agentes se abalanzaron sobre Camille y la esposaron. Ella no se resistió, no tenía sentido.

—¿Qué significa esto? Espero que comprenda las repercusiones que tendrá en su futuro.

—Claro que sí, agente Collado. La llevaremos hasta los calabozos para que pueda reflexionar un buen rato y después bajaré a hablar con usted. Pero, de momento, está acusada del asesinato de Jaime Horteza, y quién sabe si de algún pobre desgraciado más.

Camille se quedó mirando al inspector. Acababa de comprender lo que estaba ocurriendo. Ella estuvo en la habitación del hospital en el mismo momento en el que el demonio acabó con el picassiano. Desde allí se marchó al Umbral, por lo tanto, si había cámaras de seguridad, estas la mostraron entrando, pero no saliendo de la habitación de Jaime Horteza.

CAPÍTULO 56

EL INSPECTOR GARCÍA ESTABA EUFÓRICO. No solo había desenmascarado a la supuesta agente del Ministerio, sino que además ella misma había acudido a comisaría, donde había sido arrestada con una facilidad pasmosa. Aún tenía que averiguar si ella estaba detrás del resto de los asesinatos que se habían cebado con los picassianos, pero las cosas habían avanzado lo suficiente.

—Así que esta mujer es la misteriosa agente del Ministerio —dijo el comisario Mendieta observando la fotografía de registro de la mujer. La que le habían hecho antes de encerrarla en el calabozo—. ¿Quién hizo la fotografía? Se ve un poco borrosa.

Mendieta se refería al efecto del *flash* sobre Camille, que era nulo, dando lugar a una fotografía con matices atípicos.

—Lo importante es que la tenemos. Puede que se trate de una sicaria contratada por algún grupo criminal japonés. Aun así, lo que es casi seguro es que acabó con la vida de Jaime Horteza, el líder de los picassianos.

Enrique esperaba más expectación por parte del comisario, que se limitó a encoger los hombros. El subinspector León, que

168

también se encontraba en el despacho, miró a Enrique con un gesto que evidenciaba que el caso no estaba del todo claro.

—Antes del asesinato de Jaime Horteza, los picassianos estaban acabados. Si realmente ella acabó con él, ¿qué necesidad tenía de presentarse en comisaría? —preguntó Mendieta.

—La agente que la atendió me ha dicho que quería información acerca de Nuria Estrada, la hija de Marga, que desapareció en Japón hace ya un par de semanas.

—Una cosa no quita la otra. Lo importante es que hemos detenido a una mujer que se hacía pasar por agente del Ministerio del Interior para acercarse a sus víctimas —insistió Enrique.

El subinspector y el comisario se miraron. Habían llegado a la misma conclusión.

—No creo que los picassianos fueran muy proclives a recibir a agentes del Ministerio, inspector —dijo León, provocando que Enrique clavara sus ojos en él.

—El chico tiene razón. Lo de esa mujer es cuanto menos extraño, pero no podemos acusarla sin más —dijo Mendieta—. Si haces eso, lo único que conseguirás es que se te vuelva a escapar.

CAPÍTULO 57

CAMILLE AGUARDABA con paciencia en el calabozo de la comisaría. El tiempo iba en su contra mientras aquel demonio estuviera suelto, pero hasta que no consiguiera salir de allí no podría hacer nada, por lo que no valía la pena alterarse. En vez de eso, tenía que pensar en la manera de salir de allí.

Compartía celda con otra mujer, una tal Charo que llevaba su propio nombre tatuado en ambos brazos y que tenía aspecto de no haber dormido desde hacía mucho tiempo.

—¿Y a ti por qué te han «trincado»? —preguntó la mujer. Camille la miró y levantó los brazos.

—No tengo la menor idea —contestó.

—¿Cómo es eso? ¿Es que ibas caminando por la calle y te han detenido?

—Algo parecido, sí. He venido a comisaría a pedir información de una amiga y, cuando me he dado cuenta, estaba metida en los calabozos.

—Vaya con la rubia. La has tenido que liar parda para que te arrestaran, ¿eh?

Camille sonrió.

—¿Y tú? ¿Por qué estás aquí?

La mujer miró hacia la puerta de barrotes para asegurarse de que no había ningún guardia antes de contestar.

—Estaba vendiendo cosas, ¿me entiendes? No era nada del otro mundo, pero uno de la secreta me hizo el lío y me «trincaron».

—¿Vendías drogas?

—¡Eh! ¿Pero a ti qué te pasa? ¿Me estás acusando? —gritó la mujer.

—Me has contado que te han arrestado por vender cosas.

—¿Y por qué tenían que ser drogas?

El estruendo metálico de la puerta interrumpió la conversación. Al otro lado apareció un agente acompañado del inspector García.

—Tenemos que hablar con usted —dijo señalando a Camille. Esta se levantó y se acercó hacia la puerta. Después de ponerle las esposas de nuevo, el agente abrió la puerta de la celda.

—No tengo nada que ocultar, inspector —dijo Camille a sabiendas de que no era cierto lo que acababa de decir.

—Eso ya lo veremos.

La llevaron hasta un despacho en la primera planta, una sala hermética con una mesa y unas cuantas sillas. Después del inspector García, entró otro hombre más joven, que Camille reconoció como el subinspector León.

—Hemos revisado su documentación, así como todo lo que llevaba en los bolsillos. Sin embargo, no hemos encontrado nada concluyente acerca de su identidad, señora Collado. Y si la llamo así es porque no tengo otra forma de dirigirme a usted. ¿Prefiere que la llame de alguna otra forma?

—Collado está bien. ¿En qué puedo ayudar?

La actitud despreocupada de Camille desconcertó a los inspectores.

—La encuentro muy tranquila para acabar de ser arrestada —dijo Enrique.

—Cuando una persona está segura de su inocencia, no tiene nada que temer —señaló Camille.

El subinspector miró a su superior como si no supiera qué había que hacer a continuación.

—Si está tan segura de su inocencia, no tendrá inconvenientes en responderme algunas preguntas —contestó Enrique—. A Jaime Horteza, líder de los picassianos, fue a visitarlo al hospital, ¿verdad?

—Así es.

—¿Puede decirme qué ocurrió en la habitación? —preguntó el subinspector León.

Camille reflexionó la pregunta por espacio de unos segundos.

—El señor Horteza no estaba en condiciones de mantener una conversación, así que me fui. Lo dejé con vida, si es adonde pretende llegar.

Enrique se agitó como si hubiera estado esperando ese momento en concreto.

—¿Así que se marchó sin más? Hemos revisado las cintas de seguridad y no hay rastro suyo saliendo de la habitación, aunque sí entrando, ¿puede explicármelo?

A la vez que Enrique hablaba, el subinspector León reprodujo las imágenes en una *tablet* para que Camille las viera. En efecto, se le veía entrar en la habitación, pero nadie más salió de ella hasta que entró la enfermera y se encontró con el cadáver de Jaime Horteza.

—La víctima se encontraba en el ala psiquiátrica. Las ventanas de esa parte del hospital están bloqueadas para no permitir que se abran más de tres centímetros. Igualmente, los conductos del aire acondicionado de esa planta están sellados. ¿Puede darme una explicación?

Camille observó las imágenes y encogió los hombros.

—¿El motivo por el que estoy arrestada es que no aparezco en una grabación saliendo de una habitación? ¿Me lo está diciendo en serio?

—Me temo que sí —contestó Enrique, que acababa de advertir la debilidad de su planteamiento.

—En tal caso, ¿quién me asegura a mí que estas imágenes no han sido manipuladas ni nada por el estilo?

—Con todos mis respetos, eso es una estupidez.

—Entonces, inspector, contésteme a la siguiente pregunta: si las imágenes no han mostrado todavía que yo haya salido de la habitación, ¿cómo es que estoy aquí?

Ahora fue Enrique quien buscó apoyo en el subinspector.

—Eso no es concluyente.

—Me detiene porque no tiene imágenes mías saliendo de la habitación donde se ha cometido un crimen, ¿se ha asegurado de que los circuitos eléctricos del sistema de grabación estén correctamente? ¿Ha pensado en la posibilidad de algún fallo de *software*?

Las preguntas de Camille fueron arrinconando poco a poco al inspector.

—Por ejemplo, esta habitación tendrá cámaras, ¿no es así? —preguntó Camille.

—No las tiene —contestó el subinspector sin advertir el grave error que acababa de cometer.

—¿Una sala de interrogatorios sin cámaras? —exclamó Camille—. ¿Y qué ocurrirá si me ponen la mano encima? O mejor todavía, ¿qué pasa si yo digo que me han pegado varias veces? Podría ser verdad, no estaríamos en una habitación sin cámaras si no.

—Ese no es el punto ahora, señora Collado —dijo el inspector García. Díganos, ¿por qué se hizo pasar como agente del ministerio?

De pronto un ruido ensordecedor alarmó a todos en la comisaría. Aunque García y León se taparan los oídos no podían evitar escuchar el terrible ruido. Tuvieron que salir raudos de la sala, León casi vomitaba.

Cuando hubo pasado el ruido inexplicable García le pareció

ver a un gato negro deslizarse por la puerta de salida. Aquel era el gato que siempre iba con Camille y le ayudaba en ambos mundos.

Preparados para un segundo asalto, los inspectores abrieron la puerta y se llevaron una sorpresa que los dejó sin habla.

—No es posible. ¡¿Dónde está?! —gritó Enrique.

—Por la puerta no ha salido, señor.

—¡Qué hija de puta! ¡Da la alarma! ¡Se ha vuelto a escapar!

CAPÍTULO 58

Camille abrió los ojos y observó el paisaje que se extendía a su alrededor, bien distinto de la habitación de la comisaría donde se hallaba hacía tan solo unos segundos. La rodeaban rascacielos, inmensas avenidas y una multitud que se dirigía a un lado y a otro.

—Esto debe ser Tokio.

Comenzó a caminar y recordó la inocencia con la que el subinspector le había dicho que se encontraban en una sala sin cámaras. Eso le había dado una oportunidad para, cuando se quedara a solas, teletransportarse lejos de allí, a Tokio, concretamente. Allí era donde se había perdido la pista a la hija de Marga Estrada y allí era también el lugar donde los picassianos habían viajado hacía un par de semanas. Su intuición le decía que el origen de todas las muertes había tenido lugar en el país asiático.

Sin embargo, Camille apenas sabía nada más, por lo que le tocaba improvisar. Caminó unos minutos por la acera y se detuvo ante un inmenso escaparate de productos tecnológicos. No obstante, ella no estaba interesada en ninguno de esos sofisticados productos, sino en su propio reflejo sobre el cristal. Poco a poco sus facciones se fueron modelando hasta alcanzar rasgos orientales, su ente cambiaba y se adaptaba a lo que necesitaba en ese momento. Al cabo de unos segundos, su aspecto era la de una mujer japonesa de unos treinta años.

—Así está mejor —dijo en japonés. Si quería conseguir información acerca de la desaparición de Nuria, debía ganarse la confianza de la Policía japonesa y esta jamás compartiría un ápice de información con una extranjera. Así que, una vez que se aseguró de que su imagen era la adecuada, sacó el móvil para averiguar dónde se encontraba la comisaría más cercana.

CAPÍTULO 59

Varias horas después Hiro y Nuria llegaron a Mizukami, un pueblo que vivió tiempos mejores, pero que en aquellos años se encontraba en franca decadencia. Proliferaban las casas abandonadas por doquier, la vegetación había avanzado hasta atravesar paredes y calles. Era una parte de Japón radicalmente diferente a lo que Nuria había visto hasta ahora. Allí el tiempo se había detenido.

—¿Qué ha pasado aquí? Está todo abandonado —preguntó Nuria.

—Nunca fue un pueblo próspero. Muchos de sus habitantes vivían del contrabando, y en cuanto las autoridades aumentaron la presión, la economía se vino abajo. Yo me fui poco antes de que todo se acabara.

Nuria asentía mientras escuchaba las explicaciones de Hiro.

—¿Ya no vive nadie?

Hiro movió la cabeza de un lado a otro.

—Está completamente vacío. Aquí estaremos a salvo un par de días. Es un buen lugar para desaparecer del mapa. De seguro ya nos estarán buscando, pero pensarán que estaremos intentando dejar el país, pero eso lo haremos más adelante.

Con suma precaución, Hiro condujo entre las estrechas calles de Mizukami y aparcó el coche en el interior de una gran casa abandonada, ocultándolo por completo.

—¿Cuántos días vamos a pasar aquí? —preguntó Nuria—. Ni siquiera tenemos comida.

—He visto cerca huertos abandonados y un pequeño riachuelo. Sé que no es mucho, pero tendremos lo justo y necesario para sobrevivir estos días.

Nuria comprendió la preocupación de Hiro y le sonrió:

—Un poco de aventura. No está mal.

—Te prometo que solo serán un par de días. Después saldremos de aquí —dijo Hiro cogiéndole las manos.

—¿Y a dónde iremos? —preguntó Nuria.

—Nuestra primera parada será Australia. Una de las empresas fantasma del señor Fukuda tiene su sede allí, y adivina quién es el principal dueño de las acciones: ¡Yo! Tenemos al alcance de nuestra mano varios millones de dólares.

—¡Eso es fantástico!

—Una vez arreglemos todo, estaremos varios meses viajando. Así nos aseguraremos de que nadie va tras nosotros.

CAPÍTULO 60

Ya se habían llevado el cuerpo del señor Fukuda, pero ninguno de los hombres que asistían a la reunión se había movido de allí. Kirai, el leal y sanguinario hombre de Fukuda, aguardaba noticias mientras bailaba entre sus dedos el cuchillo con la empuñadora púrpura.

—Nunca me gustó ese bastardo —susurró.

Los españoles también continuaban allí. Jaime Horteza estaba convencido de que la joven era una amenaza para ellos, por lo que la rebelión de Hiro era un tema que también le preocupaba. Afortunadamente para él, los japoneses se habían quedado desconcertados tras el asesinato del señor Fukuda y no sabían qué debían hacer; y Jaime iba a aprovechar aquel vacío de poder.

—Tenemos que acabar con ese desgraciado antes de que nos cause mayores problemas. Por ello, como ambos grupos tenemos intereses comunes, os ofrezco mi ayuda para vengar la muerte del señor Fukuda —dijo Jaime Horteza mirando fijamente a Kirai, lo que daba a entender que lo consideraba el líder de los japoneses.

—¿Y la española? —preguntó el japonés.

—Hasta hacía un momento tenía un gran valor para nosotros,

pero me temo que ahora se ha convertido en un elemento pres-
cindible. Lo que debe de quedar claro es que yo tenía mis diferencias con el señor Fukuda, pero jamás se me pasó por la cabeza
acabar con él. Así no funcionan los negocios.

—Tiene razón, señor Horteza.

El español esbozó una media sonrisa.

—¿Hay acuerdo entonces? ¿Acabaremos con los dos?

—Esos desgraciados ya están muertos.

—Bien. Lo más importante es que no consigan salir del país,
ya que de ser así sería casi imposible seguirles el rastro —afirmó
Jaime.

—Conozco a Hiro demasiado bien. Supondrá que hemos ido
tras él y que hemos bloqueado cualquier salida del país, por lo
que habrá intentado esconderse en cualquier parte.

—¿Hablamos de Tokio? —preguntó Jaime.

—No, es improbable que se haya quedado en la ciudad. Afortunadamente, creo que sé dónde pueden haberse escondido.

CAPÍTULO 61

Hiro y Nuria se acomodaron en la parte superior de la casa, una de las más altas de aquel pueblo abandonado y desde donde él podía vigilar a todo el que se acercara. La carretera que llevaba hasta Mizukami era solitaria y era muy extraño que circulasen coches por ella.

Era plena madrugada. Nuria se había quedado dormida sentada en una silla vieja que habían encontrado. Hiro, sin embargo, permanecía con los ojos abiertos, vigilante. Las luces de las poblaciones cercanas destacaban en la oscuridad de la noche, lejos en el horizonte oscuro. Incluso en las carreteras más apartadas y con mayor tráfico podían verse las hileras de coches avanzar en un sentido u otro.

Estaba todo tranquilo. Los planes de Hiro eran aguardar un día más allí y dirigirse después más al sur, donde cogerían un avión para dejar Japón para siempre. Primero Australia y después el mundo a sus pies. Estaba recreándose en ese idílico futuro cuando, de repente, algo le llamó la atención en el horizonte. Varias luces se acercaban por la carretera que llevaba hasta Mizukami. Sin embargo, se detuvieron a medio camino, como a un kilómetro del pueblo. La oscuridad era tan intensa que solo podía vislumbrar aquellos halos de luz.

—Maldita sea —cogió la pistola y contó la munición que le quedaba. Siete balas. No sería fácil. Con sumo cuidado, se apartó de la ventana y se dirigió a otra que quedaba a sus espaldas y desde la que podía ver la otra parte del pueblo. Su rostro palideció. Otro par de autos estaban parados a cierta distancia con los faros encendidos. Eso significaba que las posibles carreteras de huida estaban cortadas.

Pero eso era lo que menos le preocupaba. Sabía que esa disposición de los coches era algo usual entre los hombres del señor Fukuda: era cierto que alertaban de su presencia, pero también incrementaban los nervios y el miedo de a quien perseguían.

Hiro lo sabía. Lo de los faros de los coches no era más que una distracción. En ese momento, un grupo de hombres se estaría acercando al pueblo desde ambas direcciones, camuflados en la oscuridad de la noche.

Sin perder ni un segundo se dirigió a la planta inferior, donde Nuria dormía. La despertó con suavidad, aunque ella percibió la gravedad en su rostro.

—¿Qué ocurre? —preguntó.

—Tenemos que irnos.

Esas tres palabras borraron todo rastro de sueño de Nuria, que se incorporó de inmediato.

—¿Están aquí?

Hiro movió la cabeza de arriba abajo con calma. Debían estar tranquilos si querían tener alguna oportunidad.

—Ya te dije que mientras estuviéramos en Japón, no estaríamos a salvo. Pero no te preocupes, que sé cómo salir de aquí. Conozco este pueblo como la palma de mi mano. ¡Vamos!

Hiro cogió a Nuria de la mano y la guio escaleras abajo hasta la planta baja.

—No hagas ruido. Pueden estar en cualquier parte —dijo Hiro.

Justo en ese momento, a través de una de las ventanas mal tapiadas por las que entraba un ápice de claridad, se vieron pasar las figuras de varios hombres.

—No podemos coger el coche. Si lo hacemos, nos perseguirán y será casi imposible quitárnoslos de encima.

—¿Qué vamos a hacer entonces?

Hiro miró a un lado y a otro. Por un segundo parecía no tener la respuesta.

—Gran parte del pueblo se comunica con túneles. Lo utilizábamos para el contrabando. Muy poca gente sabe de ellos.

Dicho esto, Hiro se medio arrastró hasta el interior de la casa y buscó en el polvoriento suelo una trampilla que debía dar hasta el sótano. Después de unos angustiosos minutos, pudo encontrarla, pero estaba cerrada.

—¡Maldita sea! —exclamó—. Necesito algo con lo que hacer palanca.

Nuria se giró para ver si encontraba algo que pudiera ser útil en aquella oscuridad, pero la casa estaba prácticamente vacía. Los hombres volvieron a pasar frente a la ventana y hasta se acercaron a ella. Hiro sabía que tarde o temprano terminarían entrando.

Desesperado, quitó el seguro a la pistola e introdujo el cañón en el hueco de la trampilla. Era difícil, pero no le quedaba más remedio. Le pidió a Nuria que se pusiera detrás de él. No quería que le saltara una esquirla y le hiriera.

—¿Estás preparada? —preguntó Hiro.

—Solo si lo estás tú.

CAPÍTULO 62

Los hombres que habían ido hasta Mizukami en busca de Hiro eran una mezcla entre japoneses y españoles, un comando híbrido que encabezaba Kirai. Sin embargo, por fortuna del primero, ninguno conocía el pueblo tan bien como él. Cuando se internaron por las calles, se sorprendieron de que todo estuviera abandonado.

Discutieron entre sí hasta que, finalmente, decidieron registrar casa por casa. Cuando Hiro estaba apuntando con la pistola hacia la cerradura de la trampilla, el grupo se encontraba tan solo a unas casas de distancia, por lo que pudieron escuchar el disparo perfectamente.

—¡Qué hijo de puta! ¿A quién han dado?

—¡Vas a morir, Hiro!

No obstante, al cabo de unos segundos, advirtieron que el disparo procedía de una casa en particular donde no estaba ninguno de ellos. Enseguida la rodearon y tiraron la puerta abajo. Entraron dispuestos a abrir fuego frente al movimiento más mínimo, pero para su sorpresa, no encontraron a nadie.

—¿Dónde se ha metido ese cerdo?

—El disparo ha sonado aquí. Tiene que estar en alguna parte.

Japoneses y españoles registraron la casa. Descubrieron el coche que Hiro y Nuria habían empleado en su huida, lo que les confirmó que realmente fueron quienes habían disparado el arma. Kirai, que se encontraba entre el grupo, analizó con frialdad el lugar con sus ojos de muerte.

Detuvo sus pasos frente a lo que parecía una trampilla antigua, cubierta de polvo. Se fijó bien y vio que la cerradura había sido destrozada por un disparo.

—Vaya, vaya.

Sin perder ni un segundo, abrió la trampilla y dio la orden a sus hombres de que se introdujeran en los túneles, mientras que él y el resto de los españoles iban a las afueras del pueblo a buscar la salida.

—¡Los tenemos bajo nuestros pies! —gritaba Kirai con una sonrisa cruel en los labios—. ¡Ya son nuestros!

Por el tiempo que había pasado desde que sonó el disparo, Kirai sabía que todavía no habrían conseguido salir. Del bolsillo sacó el puñal que había acabado con el señor Fukuda y acuchilló el vacío, haciéndolo silbar en el aire.

—Esto es para ti, Hiro. El último regalo del señor Fukuda.

A paso ligero, Kirai se dirigió hacia el exterior, riéndose de tal manera que hasta los españoles que le acompañaban lo miraron con cierto temor, como si fuera capaz de lanzar una cuchillada a cualquiera que osase hablarle.

CAPÍTULO 63

El túnel estaba completamente a oscuras y el aire de su interior estaba viciado, lo que era señal de que hacía bastante tiempo que nadie pasaba por allí.

—Aquí escondíamos las mercancías. Las podíamos mover de una casa a otra sin que las autoridades se dieran cuenta —susurró Hiro. Nuria se limitaba a escuchar. No le gustaban los espacios cerrados, y las dimensiones de aquel túnel no eran precisamente nada equiparables con la amplitud. La base, más o menos hasta la altura de las rodillas, sí que era ancha, ya que era por donde arrastraban las cajas. Sin embargo, la parte superior era muy estrecha.

—Le llamábamos el agujero del gusano. Puedes imaginarte el porqué.

—No puedo respirar bien —dijo Nuria.

—No te preocupes. Falta poco. La salida está a menos de cien metros —afirmó Hiro cogiéndola de la mano. Ella le devolvió el apretón y llenó sus pulmones con el denso aire del túnel. Confiaba en Hiro.

Avanzaron un par de pasos más cuando, de repente, una

serie de ruidos llegaron desde sus espaldas. A esto le siguió una tenue corriente de fresco que puso en alerta a Hiro.

—¿Qué ocurre? —preguntó Nuria. Hiro se puso el dedo índice sobre los labios y le pidió que esperara. Necesitaba concentrarse. Sin embargo, estaba a punto de salir de dudas. El ruido de unas voces provenientes del otro extremo del túnel le hizo comprender a la perfección lo que estaba ocurriendo.

—Han descubierto la entrada. ¡Vamos! —Cogió a Nuria de la mano y comenzaron a avanzar todo lo rápido que las estrechas paredes del túnel les permitían.

Poco a poco, la densidad del aire fue disminuyendo y la claridad comenzó a surgir.

—Estamos llegando a la salida.

Hiro incrementó el ritmo, llevando casi en volandas a Nuria.

Las paredes del túnel fueron definiéndose. El suelo, antes de un negro absoluto, se mostraba de un barro negruzco. La salida estaba ahí mismo.

Atravesaron los arbustos que ocultaban la salida del túnel esperando recibir una bocanada de aire fresco, pero Hiro tuvo que conformarse con un golpe seco en el rostro que lo tiró al suelo conmocionado. Nuria tuvo más suerte y no se llevó ningún golpe.

Frente a ellos, Kirai y otros dos hombres más sonreían: habían capturado al traidor. Los españoles que le acompañaban antes habían ido a cubrir el otro lado del pueblo.

—Solo hay que remover un poco la tierra para que salgan las ratas —dijo Kirai. Hiro, conmocionado, tardó unos segundos en reaccionar, pero cuando lo hizo, no se sobresaltó. Mantuvo la sangre fría; era lo único que le quedaba si querían salir de allí con vida.

—Ella no tiene nada que ver en todo esto —dijo Hiro señalando a Nuria, que estaba arrodillada junto a él.

—Discrepo, Hiro. Por ella has sido capaz de asesinar al

hombre que te lo dio todo. Debería cortarte el cuello ahora mismo y dejar que a tu cadáver se lo coman las alimañas.

—El señor Fukuda iba a atacarme —contestó Hiro. En parte, era cierto, pero Kirai sabía que él gozaba de una puntería excelente. Casi podía haberle quitado el puñal de las manos al anciano de un disparo. Esta media verdad le costó un puñetazo por parte de Kirai. Hiro cayó al suelo con violencia. El golpe había sido brutal.

—Has cometido un gran error y vas a pagar por ello. Tú y tu amiguita.

Nuria se intentó ir hacia donde estaba Hiro, pero uno de los hombres la cogió del pelo y la obligó a permanecer en la misma posición.

—De eso nada —le advirtió.

Después, Kirai cogió a Hiro de la chaqueta y lo incorporó. Apenas podía razonar tras el golpe, pero advirtió que todavía no le habían quitado el arma que llevaba en la parte baja de la espalda, sujeta con el pantalón.

—Este era el cuchillo que el señor Fukuda pretendía clavarte. Es extraño, ¿verdad? No tiene una forma muy común. Voy a matarte con él, Hiro. No sé si era la intención del señor Fukuda, pero la mía sí lo es. Te mataré y después veré qué hacemos con la europea.

Kirai miró fijamente los ojos de Hiro, esperando ver el miedo en ellos, quería hacerlo sufrir. No obstante, el joven se mostró impertérrito. Su expresión mostraba más expectación que miedo y eso enfureció a Kirai. Alzó el puñal en el aire y lanzó una cuchillada que pasó a milímetros del cuello de Hiro. Incluso Nuria pensó en un primer momento que lo había degollado y gritó.

—La próxima no será así. —Kirai soltó a Hiro y lo empujó levemente, quería ganar el espacio suficiente para lanzarle una cuchillada. Sin embargo, lo que provocó es que Hiro tuviera una oportunidad. Sacó el arma y casi sin apuntar disparó a Kirai en el costado, provocando que cayera al suelo. Justo después, sin concederles ni un segundo, abatió a los otros dos hombres, en esta ocasión con letales disparos a la cabeza.

—Debiste hacerlo a la primera —dijo Hiro acercándose a Kirai, que agonizaba en el suelo.

—Lo tenías todo con nosotros. ¡Todo! —gritó con la sangre desbordando sus labios.

—¡Oh, Dios mío! —exclamó Nuria, situándose junto a Hiro. Este comprobó que ella estuviera bien y después se agachó para coger el puñal del señor Fukuda.

—Sí que es bonito.

Acto seguido, Hiro clavó el cuchillo en cuello de Kirai, que falleció en el acto. Nuria comenzó a llorar de la impresión de la sangre y los cadáveres, pero Hiro se mostró frío. La cogió de la mano y se dispuso a alejarse de allí.

—Si sigues en línea recta, encontrarás un pequeño pueblo. Ten, coge esta tarjeta. Está asociada a una cuenta bancaria. Con ella podrás comprarte todo lo que sea necesario.

Nuria cogió la tarjeta, pero por su expresión, era evidente que no comprendía absolutamente nada. La conmoción por lo que acababa de ocurrir tampoco ayudaba.

—¿Qué significa todo esto? —preguntó Nuria.

A lo lejos, en las proximidades del pueblo, comenzaron a escucharse voces.

—Es la única manera de salvarte. Están muy cerca, Nuria. Me marcharé en otra dirección y haré que me sigan.

—Pero…

Hiro estrechó a Nuria entre sus brazos.

—No tenemos otra opción. Con esta tarjeta podrás coger un taxi que te lleve al aeropuerto más cercano. Allí podrás tramitar todo lo necesario para dejar el país cuanto antes.

—Pero ¿a dónde voy?

—A Australia. Allí estarás a salvo. Yo me reuniré contigo en cuanto consiga librarme del rastro. Ahora márchate. No tardarán mucho.

—¿Cómo vas a encontrarme?

—Ve hasta Camberra y hospédate en el hotel más exclusivo. No se lo digas a nadie, ni siquiera a tu madre, ¿me has entendido? Tienes que desaparecer por completo del mapa durante un par de semanas. Cómprate ropa nueva, cambia de *look*, haz lo que sea por cambiar de aspecto una vez estés allí. No llamarás la atención.

—¿Y cuándo vendrás tú? ¿Cómo sabré que…?

La voz de Nuria se apagó. Se acababa de dar cuenta de su propio planteamiento. Hiro, que también comprendió la pregunta inacabada, la abrazó.

—Es posible que tarde unas semanas en solucionarlo todo, pero estaré bien. La cuenta asociada a la tarjeta tiene varios millones de dólares; no te faltará el dinero. Desde el móvil asociaré tu nombre a la cuenta para que no tengas problemas. Ahora vete.

Ninguno pudo contener las lágrimas. Se fundieron en un beso de despedida y juraron volver a verse. Después, Nuria siguió el camino que le había marcado Hiro, perdiéndose en la oscuridad de la noche. Una vez que él se aseguró que se había marchado, se giró y regresó a Mizukami. Podía ver los halos de luz de la linterna de quienes lo perseguían. Por las voces, advirtió que eran tanto españoles como japoneses. No le importaba. Había prometido a Nuria que volverían a verse, aunque él sabía que las probabilidades de que él escapara con vida eran muy escasas.

Comprobó el cargador: no le quedaban muchas balas. Poco consuelo le daba llevar consigo el puñal del señor Fukuda, pero al menos podría defenderse. Buscó la figura cada vez más difusa de Nuria antes de despedirse.

—No mires atrás, Nuria. No mires atrás.

CAPÍTULO 64

Camille salió satisfecha de la comisaría. Su ente había adquirido la forma perfecta, haciéndose pasar por una inspectora de otro distrito, concretamente de una brigada centrada en asuntos de extranjería, lo que le permitió acceder al informe del caso de Nuria Estrada. Obtuvo una copia y la leyó con atención.

Pudo confirmar que la joven era una experta en obras de arte y que vino a Japón contratada por un importante empresario, un tal señor Fukuda, quien también estaba declarado como desaparecido. Lo más curioso de todo era que ese hombre, por lo que había podido averiguar en España, tenía algún tipo de trato comercial con los picassianos, los cuales se dedicaban al tráfico ilegal de arte. Esto le hizo pensar que quizás el señor Fukuda no era tanto un gran empresario como un alto miembro de la Yakuza, lo que daría sentido a su «extraña» desaparición y su relación con los picassianos.

Decidida a saber más acerca del señor Fukuda, se dirigió a Kabukicho, el barrio rojo de Tokio, donde proliferaban los locales que pertenecían a la mafia japonesa. Le sorprendió la cantidad de turistas que paseaban a escasos metros de los criminales, los cuales destacaban por sus rostros inexpresivos y sus tatuajes.

Preguntó a varios por el señor Fukuda, pero solo obtuvo amenazas para que se marchara y miradas de desprecio. No temía a aquellos hombres, lo único que le preocupaba era el no conseguir nada de ellos. Desanimada, se sentó en un banco y volvió a sacar el informe de la Policía. La escasa información revelaba que no habían dedicado mucho tiempo a la investigación. De hecho, las únicas pistas que había acerca de Nuria eran unas imágenes borrosas tomadas por la cámara de seguridad de un edificio del centro de la ciudad. Ahí fue cuando se le perdió el rastro.

Concentrada como estaba en el informe, Camille no se percató de un hombre que se acercó a ella lentamente, midiéndole con la mirada. De forma muy sutil, se sentó en el banco y, sin mirarla a la cara, comenzó a hablar:

—He oído que estás haciendo preguntas sobre el señor Fukuda.

Camille miró al hombre de súbito. Era un japonés de unos cuarenta años, un hombre normal y corriente que bien podía ser ejecutivo de una gran empresa o vendedor de zapatos. La típica persona que pasa desapercibida allá por donde va.

—No me mires —le replicó el hombre—. Actúa como si yo no estuviera aquí.

—Tú mandas —contestó Camille.

—Has estado haciendo preguntas, ¿es cierto?

Camille, con la mirada centrada en la multitud, asintió.

—No hay muchas personas que vengan a este barrio a hacer preguntas y mucho menos acerca del señor Fukuda. Eso que tienes en la mano es un informe de la Policía, ¿eres policía?

El tono del hombre se tensó.

—Investigadora privada más bien.

—Eso está mejor. Puede que hoy sea tu día de suerte. Quizás pueda contestar a algunas de tus preguntas, aunque te aviso de que todo tiene un precio.

Camille metió la mano en el bolsillo interior de la chaqueta.

Tenía dinero, pero no sabría si sería suficiente. Sacó los billetes y se dispuso a contarlos de tal manera que el hombre los viera.

—La información vale más —dijo él.

Ella sonrió, irónica.

—Lo imaginaba. Sin embargo, creo que llegaremos a un acuerdo.

—Te escucho —dijo el hombre, sorprendido.

—Bueno, obviamente no eres policía y tampoco creo que pertenezcas a la Yakuza. No tienes tatuajes ni nada que así lo indique. Es más, tienes un aspecto demasiado común, quizás no quieres que nadie te recuerde. Quieres pasar desapercibido por algún motivo. —El rostro del hombre se fue transformando poco a poco—. Seguro es porque no eres más que un soplón, no te importa a quién le vendes la información. Por eso creo que si en este momento me levanto, voy a alguno de esos bares de ahí y grito que estás intentando venderme información del señor Fukuda, tendrás una noche movida.

El hombre tragó saliva.

—No serías capaz.

Camille, sin pronunciar palabra, se levantó y se dirigió hacia uno de los bares a los que había amenazado ir. El hombre soportó el pulso apenas cinco segundos antes de incorporarse y decirle que la cantidad que le había ofrecido era más que correcta.

—Está claro que no has venido muchas veces por aquí. Deberías ser más cautelosa —le advirtió.

—No tengo nada de lo que esconderme. Ahora cuéntame todo lo que sabes del señor Fukuda.

El hombre suspiró.

—Paseemos mientras tanto. Alejémonos de aquí.

Al cabo de unos segundos, cuando dejaron atrás al gentío, el hombre se mostró más relajado y comenzó a hablar.

—No sé cuál es tu interés ni tus intenciones, no estoy aquí para hacer juicios de valor. Se rumorea que el señor Fukuda estaba traficando con obras falsificadas. Colaboraba con un grupo de españoles que sustraían los cuadros en Europa y los traían hasta Japón para que los falsificadores del señor Fukuda hicieran las réplicas. Después verificaban las piezas y las vendían a millonarios excéntricos, quienes pagaban sin saber realmente lo que compraban. Un negocio perfecto.

—Pero no le fue bien del todo —añadió Camille.

—Al parecer, las pretensiones de los españoles crecían día a día y pronto surgieron problemas.

Camille asintió, completando el puzle de información que ya tenía en su cabeza.

—Una española trabajaba para el señor Fukuda, ¿verdad? Se llamaba Nuria Estrada. ¿Qué puedes decirme de ella?

El hombre encogió los hombros.

—No soy muy bueno con los nombres y mucho menos los occidentales. Lo que sí puedo decirte es que las principales rencillas estaban causadas por esa mujer. Los españoles estaban muy interesados en ella, ya que, si conseguían que trabajase para ellos, desbancarían al señor Fukuda.

—No lo entiendo. Eran socios y el negocio iba bien, ¿por qué iban a echarlo todo a perder?

El hombre soltó una carcajada irónica.

—La ambición no tiene límites, señorita. Sin embargo, los rumores afirman que no fue el problema con los españoles lo que originó la desaparición del señor Fukuda.

—Con desaparición se refiere a muerte, ¿verdad? —preguntó Camille.

—Me temo que en el mundo criminal ambos términos son sinónimos. Como decía, pese a la falta de acuerdo entre los socios, fue un japonés el que acabó con el señor Fukuda: uno de sus hombres. Después de asesinarlo, huyó con esa chica.

Camille arqueó las cejas. Una traición es combustible para un demonio. Era bastante probable que el alma del señor Fukuda se convirtiera en demoniaca para acabar con sus enemigos.

—¿Huyeron juntos? ¿O la raptó?

—Había una especie de relación entre ambos. No sé cómo se pudo llegar a tales extremos, pero así fueron los hechos —afirmó el hombre.

—¿Qué fue de ellos?

—Lo último que sé es que españoles y japoneses se reconciliaron para atrapar al traidor. Si lo consiguieron o no, no tengo la menor idea.

Camille asimiló la afirmación y procuró llegar a una conclusión que le permitiese continuar. Recordó la «infame», y pensó en preguntarle a aquel hombre por el extraño puñal, aunque sabía que era bastante probable que no pudiera contarle nada al respecto.

—¿Un puñal de empuñadura púrpura? Lo único que puedo decirle con seguridad es que el señor Fukuda era un coleccionista de armas antiguas. Quizás esa arma estuviera presente en algún momento. ¿Es eso lo que está buscando? ¿Eres una especie de cazadora de tesoros?

Ella dibujó una mueca divertida ante la ocurrencia del japonés. Le resultaba simpático, lo que le hizo entender lo fácil que le sería recopilar la información.

—Me has pillado.

—Ah, sabía que no era una inspectora.

CAPÍTULO 65

CAMILLE SE DESPIDIÓ del informante y paseó sin rumbo por la ciudad de Tokio. Barcelona también era una gran ciudad, pero lo era en otro sentido. Todo era colosal en Japón, los edificios y las personas rebosaban por doquier; el ritmo era frenético.

Trató de organizar toda la información. Si el señor Fukuda fue realmente traicionado por uno de sus hombres, eso lo cambiaba todo. Sin embargo, los picassianos se unieron a los japoneses para atrapar al traidor. Si el alma del anciano se había convertido en demoniaca, no tenía mucho sentido que fuera tras ellos.

Necesitaba respuestas para las nuevas preguntas, pero intuía que, entre los vivos, poco más iba a obtener. Miró su reloj y reflexionó durante unos segundos.

—Podrían estar muertos —dijo tras unos segundos—. Si consiguieron huir, quizás el demonio acabará también con ellos.

Se refería a Nuria Estrada y al japonés que huyó con ella. No tenía prueba alguna de ello. Sí sabía que fue Marga Estrada quien abrió el portal que permitió al demonio entrar en el Mundo de los Vivos, pero el poder de este le permitía teletransportarse, entre otras muchas y terribles cosas, por lo que el abanico de posibilidades era muy amplio. No tenía muchas más opciones. El principal problema era que no tenía noticia de a dónde huyeron Nuria y el japonés.

Sin embargo, si por último fueron asesinados por el demonio, eso habría dejado un rastro, un reguero de energía que otros seres del Umbral habrían podido percibir en el momento en el que tuvieron lugar las muertes.

Debía llegar a un lugar frecuentado por seres del Umbral. No muy lejos de Tokio se encontraba el bosque de los suicidas, un tétrico lugar donde se registraban los índices de suicidios más altos del mundo. Había noticias de turistas que habían entrado felices y al cabo de unos minutos se habían suicidado sin más. Ni familia, ni amigos podían encontrar un solo motivo por el que se vieran impulsados a hacer algo así. En esos lugares tan especiales abundaban todo tipo de seres del Umbral, ya que se trataba de una especie de ventana al Umbral de los Muertos. La energía desplegada en aquel lugar se convertía en una atracción irrechazable para las almas, que se veían casi obligadas a abandonar su cuerpo físico, siendo el suicidio el camino más rápido.

Camille aprovechó que estaba a solas y se teletransportó al bosque, que recibía el nombre de Aokigahara. Nada más llegar, vio decenas de esbirros, almas, fareros y distintos seres que vagaban entre los dos mundos. Las pocas personas que paseaban por allí eran ajenas a la frenética actividad espiritual que había a su alrededor.

—*Me habían hablado mucho de este lugar, pero nunca había estado* —dijo como si se tratara de una turista más. El farero más cercano a ella la miró sorprendido. En torno a su luz se arremolinaban un gran número de almas, como si de mosquitos se tratasen.

—*La energía aquí es muy intensa* —dijo acercándose a Camille.

Camille observó el bosque, la densidad de árboles parecía atrapar el aire entre sus ramas. Era entre esos árboles, en el silencio espeso del bosque, donde muchas personas se quitaban la vida sin previo aviso, sin razón alguna en muchas ocasiones, como si no les quedara más remedio que hacerlo.

—*Estoy buscando a alguien* —dijo Camille—. *Hay un demonio suelto en el Mundo de los Vivos. Tengo que detenerlo.*

El farero asintió con gravedad.

—*He escuchado rumores y a no pocas almas hablar de un ser terrorífico* —dijo el farero.

—*La situación es más compleja. El demonio porta una «infame»* —dijo Camille—. *Un puñal con el mango púrpura.*

—*¿Qué es lo que necesitas?*

—*El demonio está fuera de control y desconozco dónde se encuentra. La única opción es hallar su origen, el motivo que le ha convertido en un alma demoníaca. Creo que la solución a todo puede estar en dos personas, un japonés y una española.*

El farero afinó los ojos al escuchar las palabras de Camille.

—*Hay alguien que puede ayudarte, un adalid. No está muy lejos de aquí.*

Camille frunció el ceño.

—*¿Un adalid? ¿Acaso está persiguiendo el mismo demonio que yo?*

—*Desconozco su misión en el Mundo de los Vivos. No suelen ser muy comunicativos. Sí puedo decirte que pasó por aquí antes que tú y que sus preguntas no diferían mucho de las tuyas* —dijo el farero.

—*¿Dónde puedo encontrarlo? Has dicho que no está muy lejos.*

El farero asintió. Después se metió la mano izquierda en el bolsillo y rebuscó durante unos segundos. Extrajo del mismo una pequeña esfera luminosa, que ofreció a Camille. Era poco más grande que una canica, su superficie era candente como la del sol, y la luz que desprendía, anaranjada.

—*Es un reclamo* —dijo Camille.

—*Así es. Por lo que me has contado, es una cuestión demasiado importante. Si el adalid está también tras la pista de ese demonio, puede que le seas de ayuda.*

—*Los reclamos no son comunes. Los vivos también pueden verlos. ¿Por qué tienes uno?* —preguntó Camille.

—Algo se cierne sobre nosotros. Una amenaza como jamás se ha visto. El adalid me lo dio cuando estuvo aquí.

—¿De qué estás hablando?

—El adalid podrá contestar a tus preguntas. Poco más sé. Sin embargo, el adalid estaba convencido de que pronto tendría que utilizar el reclamo. Pero no se me ocurre un motivo tan preocupante como el que me has mencionado.

CAPÍTULO 66

Camille no perdió más tiempo y se alejó del bosque de los suicidas tremendamente desconcertada por lo que acababa de escuchar. La presencia de un adalid en el Mundo de los Vivos nunca era una buena señal, y mucho menos si a todo eso le añadía la presencia de un demonio. Sin embargo, le resultaba extraño que ella no tuviera noticias de que un adalid estaba también buscando al demonio.

Los adalides eran seres superiores y se encargaban de que las leyes más básicas, tanto del Umbral como del Mundo de los Vivos, rigieran en todo momento. Custodiaban los pilares mismos de la existencia de ambos mundos y tenían la capacidad de hacer y deshacer a su antojo. Estaban desprovistos de sentimientos, tan solo hacían lo que tenían que hacer para que todo siguiera funcionando. Era cierto que el demonio suponía una amenaza para todos, pero esa alma demoníaca aún no había adquirido el suficiente poder como para reclamar la atención de un adalid; o al menos, eso creía Camille.

Sacó el reclamo del bolsillo y lo observó por unos segundos. Esas pequeñas esferas eran utilizadas para llamar la atención de los adalides, para indicarles que estaba ocurriendo algo anómalo que podía comprometer el funcionamiento de ambos mundos. Por ello, no era algo para usar a la ligera. Si el adalid así lo consideraba, podría obligarla a regresar al Umbral o mantenerla allí cautiva: un riesgo que no le quedaba más remedio que correr.

Apretó la esfera candente entre sus dedos y después la lanzó al cielo con todas sus fuerzas. Lo normal hubiera sido que esta comenzara a descender a los diez o doce metros de altura, pero, en vez de eso, la pequeña esfera ganó velocidad y altura. La suerte estaba echada.

—Por fin nos conocemos.

Una voz sonó a las espaldas de Camille. Esta se giró y vio a una persona cuyos rasgos divergían entre ambos géneros, quedando esta interpretación a ojos de quien lo mirase. Era una persona alta y esbelta, vestida con un largo abrigo que le rozaba los tobillos. Nada más verlo, Camille agachó el rostro en señal de respeto.

—¿Me esperaba? —preguntó.

—Lamentablemente, Camille. Estás buscando al demonio, ¿verdad?

Ella asintió en silencio. Fue entonces cuando el adalid le tendió la mano.

—Me temo que no me queda más remedio que ayudarte.

Camille le dio la mano y ambos se teletransportaron a una fábrica abandonada y decrépita que parecía a punto de derrumbarse.

—¿Qué hacemos aquí? —preguntó la detective.

—Aquí fue donde el alma se tornó en demoníaca. —El adalid le señaló hacia un punto en concreto, un rincón oscuro en el que había apilado un puñado de escombros. Camille caminó hacia allí. El frío repentino le puso en alerta. Percibía que allí había ocurrido una desgracia. Fue entonces cuando, bañado por un tenue resplandor, vio el puñal púrpura.

—¡Oh, Dios mío!

CAPÍTULO 67

La muerte de Kirai terminó de desintegrar todo el clan del señor Fukuda. En primer lugar, el asesinato del anciano los dejó sin un liderazgo sólido. Minutos después de la muerte del anciano a manos de Hiro, ya se hablaba de Kirai como su sucesor natural, tanto por su lealtad a lo largo de los años como por su experiencia. Sin embargo, nadie esperaba que este fuera asesinado también por Hiro tan solo unas horas después, junto además a dos de sus hombres de confianza.

En el intervalo de cuatro o cinco horas Hiro acabó con el clan del señor Fukuda. En el resto de los hombres surgieron las dudas. Muchos tenían miedo de acabar asesinados —si el brutal Kirai había muerto, cualquiera podía morir— y otros creían que habían sido víctimas de algún tipo de maldición. No obstante, junto con los españoles, persiguieron a Hiro varios días más hasta que la muerte de varios más acabó por disolver los últimos restos del clan.

Los japoneses dieron un paso atrás y decidieron olvidarse tanto de Hiro como de la europea. Sin embargo, para Jaime Horteza era vital acabar al menos con la europea. Sabía demasiado, y si colaboraba con las autoridades, él podría acabar entre rejas.

Después de la muerte del señor Fukuda, Kirai le contó a Jaime Horteza sus sospechas acerca de la relación que mantenían Hiro y Nuria. Jaime no olvidó lo que le había contado el japonés y lo utilizó en beneficio propio. Intuyó que Hiro y Nuria planearían huir juntos, por lo que, cuando Hiro acabó con el clan, en vez de mandar a sus hombres a que lo apresaran, decidió aguardar acontecimientos y esperar que fuera el propio Hiro quien les guiara ante Nuria.

Aun así, la destreza del japonés les puso en serios apuros e incluso llegaron a perderle el rastro.

—Tiene que estar en alguna parte —dijo Jaime Horteza con frustración, avergonzado por cómo habían transcurrido las cosas. Nunca había tenido problemas de dinero, pero mantener a un puñado de hombres en Tokio no era barato y más cuando había ido hasta Japón para embolsarse una importante cantidad de dinero. En vez de eso, perdía miles de euros por día y se había quedado sin negocio. Acabar con la española y el japonés se había convertido en una cuestión de orgullo.

—Los clanes japoneses no quieren saber nada. Hemos intentado contratar a varios sicarios, pero ninguno acepta el trabajo.

—Ese japonés se ha ganado una buena fama. Nadie quiere meterse en problemas con él y mucho menos cuando ya no tiene nadie a quién obedecer. Es como un animal acorralado —reflexionó Jaime en voz alta.

—¿No tenemos nada sobre nuestra compatriota? —preguntó otro de sus hombres.

Jaime Horteza echó la cabeza a un lado.

—Al parecer, dejó toda su documentación en la residencia donde vivía antes de que todo esto se desmadrase, por lo que necesitará obtener nueva documentación si pretende dejar el país. Estamos vigilando la embajada española. También tenemos controladas las oficinas del aeropuerto.

—Aun así, las posibilidades de atraparla son bastante reducidas. ¿Cuánto tiempo estaremos tras ellos?

Jaime guardó silencio. Sabía que la pregunta tenía un doble sentido. Aquella búsqueda por un país extranjero y que les resultaba tan desconocido era poco menos que un sinsentido. Estaba dispuesto a contestar que estarían en Japón el tiempo que fuera necesario, pero el sonido de su móvil interrumpió la conversación.

—¿Estás seguro? No podemos cometer errores. No en un sitio público —dijo Jaime. De sus labios brotaba una tímida sonrisa que pregonaba que acababa de ocurrir algún hecho inesperado que no era del todo mal recibido—. Bien, aseguraos de hacerlo todo correctamente.

Colgó y arrojó el teléfono sobre la mesa con evidente gesto de victoria.

—Se ha producido un giro inesperado de los acontecimientos.

CAPÍTULO 68

Hiro comprobó la hora en el reloj que había en el salpicadero. Si sus cálculos eran correctos, Nuria debía estar subiéndose al avión en aquel preciso instante. Lo había conseguido; lo más importante para él era que Nuria saliera de Japón y estuviera a salvo.

Hacía pocos días, Hiro se las había ingeniado para localizarla y hacerle llegar un teléfono de prepago con el cual poder comunicarse con ella sin dejar rastro. A través de breves conversaciones, establecieron cuándo ella embarcaría rumbo a Australia, a la capital, a Camberra. Esa sería la primera parada de un largo viaje que duraría un par de meses, hasta que el rastro de ambos se borrara. Pero antes de todo eso, lo más difícil era salir de Japón.

Miró de nuevo el reloj. Ya faltaría poco para que el avión despegase. Arrancó el motor y se dispuso a regresar a su refugio al norte de Tokio. Estaba convencido de que todo había salido bien. Tan solo le quedaba pasar desapercibido un par de días más y salir de Japón rumbo a Tailandia, donde borraría su rastro antes de dirigirse definitivamente hacia Camberra.

Pisó el acelerador y bajó la ventanilla para que el aire le refrescara las ideas. Una parte de él controlaba la emoción de lo que habían conseguido. Debía mantener la cabeza fría y no adelantarse a los acontecimientos.

Fue entonces cuando ocurrió algo que no debería haber ocurrido. El móvil de prepago con el que se había comunicado los días previos con Nuria sonó. Un mal presentimiento colmó el cuerpo de Hiro, que frenó en seco. Solo ella conocía el número.

—¿Nuria? ¿Estás bien? —contestó sobrecogido.

—Lo está, por el momento.

La voz de Jaime Horteza atravesó el pecho de Hiro. El corazón comenzó a latirle más deprisa y, por primera vez en mucho tiempo, fue incapaz de pensar nada al respecto.

—Ponle un dedo encima...

—No estás en condiciones de ponerte exigente —le interrumpió Jaime—. Te recomiendo que te calles y me escuches. ¿Podrás hacerlo?

Hiro tragó saliva y derramó unas pocas lágrimas del odio que experimentaba en aquel momento.

—Te escucho —dijo al fin.

—Bien, eso está mejor. Mucho mejor. En los próximos minutos te mandaré un mensaje con la localización exacta. Tenemos que hablar.

La llamada se interrumpió sin más. Hiro marcó el número en varias ocasiones, pero siempre colgaban desde el otro lado: habían atrapado a Nuria; los picassianos la habían cogido en el aeropuerto.

Durante varios minutos, Hiro no fue capaz de hacer otra cosa que no fuera respirar. Los pensamientos se arremolinaban unos con otros y los sentimientos que emanaban de ello le producían una angustia indescriptible. De repente, el móvil de prepago vibró: le habían enviado el mensaje. Lo citaban en una vieja fábrica abandonada. Si pisaba bien el acelerador, podía estar allí en una hora.

CAPÍTULO 69

Hiro conduyo por una solitaria carretera antes de llegar a la fábrica. El edificio se encontraba en un estado lamentable. Habían iniciado el proceso de demolición, pero todo hacía indicar que esta se detuvo en algún momento, ya que había partes del edificio que estaban desmanteladas frente a otras que estaban más o menos intactas. Los cristales de las ventanas estaban destrozados y no había ni una luz en todo el recinto.

Trató de recordar si había estado allí antes en un intento de reconocer cualquier detalle que le pudiera ser útil, pero nada le resultaba familiar. Detuvo el coche junto al edificio y, antes de que pudiera bajarse, varios hombres salieron del interior: estaban armados.

—Sin tonterías, ¿entendido? —dijo uno de ellos. Hiro, haciendo un esfuerzo por controlar su ira, asintió.

—¿Dónde está Nuria?

Sin embargo, ninguno de ellos le contestó al respecto.

—Acércate despacio y con las manos en alto.

Por el momento no le quedaba más remedio que obedecer. Caminó hasta los españoles y se dejó registrar: dos pistolas y el puñal de la empuñadura púrpura es todo lo que llevaba encima.

Una vez que se cercioraron de que no llevaba más armas encima, le indicaron que entrara.

Hiro se mostró dócil y paciente en todo momento. Sabía que Nuria ya no valía nada para los picassianos, por lo que tenía que asegurarse de que estuviera bien. Después ya pensaría en la forma de escapar juntos de allí.

Ya en el interior de la fábrica, sus ojos tardaron un par de segundos en adecuarse a la penumbra del lugar, pero cuando lo hicieron, pudo discernir la figura de Nuria arrodillada en el suelo.

—¡Nuria! —gritó Hiro acercándose hacia ella. Al escucharlo, ella levantó la cabeza y emitió un gemido mudo. Estaba amordazada.

Sin embargo, cuando Hiro estaba a punto de llegar hasta ella, recibió un duro golpe en la parte trasera de la cabeza que lo tiró al suelo. Cuando se giró para ver lo que había ocurrido, comprendió que fue Jaime Horteza quien le había golpeado.

—Me tomó más de una semana para atraparos. Podéis estar orgullosos —dijo Jaime.

—Aún no ha terminado —dijo Hiro.

Jaime, al escuchar las palabras del japonés, rompió a reír.

—Tengo que reconocer que tienes una voluntad envidiable, pero me temo que estás equivocado.

Sin previo aviso, lanzó otro golpe a Hiro, aunque este lo pudo encajar de mejor manera. Nuria, al verlo, intentó librarse de sus ataduras, pero le era imposible.

—¿Tú también quieres, estúpida? —preguntó Jaime Horteza, abofeteando el rostro de Nuria. Hiro, al verla, se incorporó y trató de abalanzarse sobre Jaime, pero varios de sus hombres lo evitaron, agarrándolo y dándole una buena tunda de golpes que lo dejaron exhausto.

Mientras tanto, Jaime observaba con una sonrisa el puñal que le habían quitado a Hiro en la entrada de la fábrica. Lo había visto por primera vez en el piso del señor Fukuda;

después cuando el anciano intentó arrojar al joven. Más tarde, si no recordaba mal, Kirai, uno de sus lugartenientes, se lo había llevado con la promesa de utilizarlo para acabar con Hiro. Ahí le perdió la pista. El japonés se lo debía haber llevado consigo después de asesinar a Kirai en las afueras del pueblo.

—Ahora que lo pienso, Hiro, este cuchillo ha regido el destino de todos nosotros. Ha sido la pieza clave de este inmenso engranaje. Así que qué mejor que utilizarlo para poner fin a todo esto. ¡Traedme a la chica!

Hiro se revolvió en el suelo, pero varios hombres lo mantenían inmovilizado. Nuria, en cambio, estaba atenazada por el miedo y apenas respiraba. Su cabeza se movía tímidamente de un lado a otro, suplicando por un no que era incapaz de pronunciar. Uno de los hombres le retorció el brazo y le hizo arrodillarse en el suelo. Jaime Horteza se acercó a ella, la agarró del cabello y tiró hacia atrás, dejando su cuello en tensión.

—No me gusta hacer estas cosas y mucho menos a una joven tan guapa e inteligente, pero no me queda más remedio.

El metal del cuchillo se posó sobre la piel de Nuria.

Hiro luchaba con todas sus fuerzas por librarse de las manos y piernas que lo mantenían pegado al suelo.

—¿Sabes qué? No puedo hacerlo, Hiro —dijo Jaime Horteza retirando la hoja del puñal del cuello de Nuria—. No soy un asesino de sangre fría. De hecho, debido a vuestra relación tan especial, creo que deberías hacerlo tú. ¡Sí! ¡Magnífica idea! Levantadlo.

Hiro luchó con todas sus fuerzas, pero los golpes que había recibido y los largos minutos de lucha le habían dejado exhausto. De esta forma, no pudo evitar acabar arrodillado frente a Nuria, ambos mirándose a los ojos.

—Quitadle el trapo de la boca a la chica. Que se despida de su verdugo —dijo Jaime. Uno de sus hombres le obedeció y le desató el nudo.

—¡No! ¡Por favor! ¡Haré lo que me pidan! —exclamó Nuria en cuanto pudo hablar.

—Me temo que es tarde, señorita. A ver, japonés, la mano.

Con la ayuda de uno de sus hombres, Jaime consiguió abrir los dedos de la mano derecha de Hiro y volver a cerrarlos sobre la empuñadura púrpura del puñal. Sin embargo, había tensado tanto el brazo que era casi imposible moverlo. Mientras tanto, Nuria gritaba y trataba de zafarse.

—Este tío es duro —dijo uno de los hombres.

—Pues ablandadlo —exclamó Jaime Horteza.

En ese momento, Hiro comenzó a recibir golpes y patadas. Su entereza era encomiable, pero poco a poco el brazo con el que sujetaba el puñal iba cediendo ante la fuerza de los otros, que lo empujaban, e iba acercándose al cuello de Nuria. Esta, como si hubiera aceptado repentinamente el cruel destino que le deparaba, miró de frente a Hiro.

—Te quiero, Hiro. Te quiero —dijo Nuria. Él la miro, entre golpes, y ella comprendió el mensaje que le lanzaba con la mirada. No podría soportar mucho más.

—Te quie…

Nuria no pudo terminar la frase. El último golpe dejó a Hiro a punto de perder el conocimiento y su brazo cedió a la voluntad de quienes lo empujaban. Con un movimiento tosco pero efectivo, la hoja del puñal cortó gran parte del cuello de Nuria, haciendo que la sangre brotara al instante.

Los picassianos se echaron hacia atrás y comenzaron a reírse, esperando que el japonés reaccionara y advirtiera lo que acababa de ocurrir. Sin embargo, Hiro, desde el suelo y bañado por la sangre de Nuria, no le hacía falta ver nada para saber lo que había hecho. El odio que crecía en su interior era infinito, indescriptible, pero era consciente de que no había para él otro destino que la muerte.

Hizo acopio de sus últimas fuerzas y se incorporó sobre sus rodillas una vez más. Esta vez tenía los ojos cerrados y, con un movimiento rápido, deslizó el puñal sobre su cuello, corriendo el mismo destino que Nuria. La oscuridad se hizo total en él a los pocos segundos.

—¡Puto kamikaze! En fin, dejemos los cadáveres aquí y marchémonos cuanto antes —dijo Jaime Horteza—. Estoy deseando marcharme a casa.

CAPÍTULO 70

—Son ellos, ¿verdad? —preguntó Camille. El adalid asintió en silencio.

La descomposición había afectado a los cadáveres, pero aun así Camille pudo identificar a Nuria. Igual rebuscó entre los cuerpos para encontrar algún tipo de documentación que terminara por confirmar que se trataban de Hiro y Nuria.

—Esta es la «infame» —dijo Camille señalando el puñal—. O más bien, la pieza terrenal.

—Y él es tu demonio.

De repente, una fuerte racha de viento helado sacudió la vieja estructura, provocando que el viento silbase entre los huecos del metal oxidado. Tanto el adalid como Camille miraron a su alrededor.

—¿Qué ocurre? —preguntó Camille.

—Me temo que el demonio no anda muy lejos —contestó el adalid con absoluta frialdad. Camille lo observó y pensó por unos instantes que no conocía el motivo exacto por el cuál ese ser estaba en el Mundo de los Vivos.

Un ruido lejano, un estruendo poderoso que se iba acercando poco a poco, sacudió de nuevo la estructura.

—El demonio ha percibido a los intrusos. Ya viene.

—¿Por qué está aquí? Un demonio de estas características no es motivo para que un adalid esté en el Mundo de los Vivos —dijo Camille.

El adalid la miró, pero no tuvo tiempo para más. En ese instante, el demonio apareció en uno de los laterales de la fábrica. Su ira se incrementó sobremanera cuando vio a los extraños tan cerca de los cadáveres. Camille dio un paso hacia delante para hacerle frente mientras que el adalid se mantuvo inmóvil.

—Eres Hiro, ¿verdad? —dijo Camille.

El demonio, que había aminorado su paso, reaccionó al escuchar la voz de Camille. No parecía gustarle.

—La venganza lo alimenta —dijo el adalid.

El demonio, al percatarse de la presencia de este último, rugió con furia. Sus ojos, envueltos en una densa oscuridad, desprendían un destello rojizo que se asimilaba al crepitar de las llamas. Camille lo observó con atención y se fijó en la «infame», el cuchillo con la empuñadura púrpura que llevaba en una de las manos. La misma arma que descansaba entre los restos putrefactos de Hiro y Nuria.

—Las almas son seres de luz, pero esta está invadida por la oscuridad más absoluta. Tienes que hacer que despierte, Camille. Yo te ayudaré.

El adalid cerró los ojos, y cuando los abrió, el color de estos se había vuelto grisáceo. Estaba viviendo una recreación, regresando al pasado para ser testigo de lo que ocurrió en esa fábrica.

—Iban a escapar, pero los atraparon antes —dijo el adalid.

Camille frunció el ceño. Por primera vez comenzaba a comprender lo que estaba ocurriendo.

—Ellos os mataron, ¿verdad? Los picassianos —dijo Camille.

El demonio rugió de nuevo con tal intensidad que cayeron trozos de escombros del techo.

El adalid continuaba reviviendo los hechos.

—Le hicieron asesinarla. Le obligaron a que le cortara el cuello.

—Eso es. Por eso todas tus víctimas aparecen degolladas. Ahora lo entiendo. Te estabas vengando de los picassianos —gritó Camille.

El alma demoníaca de Hiro se agitó y comenzó a moverse más deprisa. Camille lo seguía muy atenta con la mirada.

—Hiro, sé que eres tú. Lucha por salir. ¡Vamos!

Pero el demonio se enfadó hasta tal punto que arrojó a Camille un trozo de viga que había en el suelo. La pieza de metal voló a gran velocidad, pero Camille pudo esquivarla sin muchas complicaciones.

—*¡Hiro está muerto!* —gritó el demonio.

—*Su alma es eterna, engendro* —intervino el adalid. Resultaba evidente que el demonio estaba desconcertado con la presencia de un ser tan superior. Era lo que le frenaba a atacar a Camille. Frustrado, cogió otro trozo de metal y lo lanzó con todas sus fuerzas, haciendo que atravesara la fachada y cayera en el exterior.

—*Tus trucos no te servirán de nada* —dijo Camille.

—*Eso ya lo veremos.*

Dicho esto, el demonio se abalanzó sobre ella a una velocidad vertiginosa y en apenas un suspiro estaba lanzando cuchilladas a Camille, las que esta se esforzaba por esquivar. Aprovechó un momento de pausa para efectuar un destello de luz que dejó confundido al demonio.

—Vamos, Hiro. ¿Crees que esto le gustaría a Nuria? —insistió Camille.

Desde que lo viera por primera vez, el demonio parecía cansado, extenuado en cada movimiento.

—No pudiste impedir su muerte —intervino el adalid.

Esta vez el demonio se alejó hacia uno de los rincones más oscuros de la fábrica, donde se quedó unos segundos. Sus ojos, de un rojo encendido, destacaban en la oscuridad. De repente, un cascote de tamaño considerable salió de la oscuridad dirigido al adalid. Este no se inmutó y la piedra lo atravesó como si nada.

—*Tu poder es insignificante contra mí.*

Dicho esto, el demonio rugió por tercera vez y el adalid le envió una especie de descarga que invadió el cuerpo del demonio y le hizo estremecerse de dolor. Salió del rincón oscuro y deambuló de un lado a otro, como si estuviera gravemente herido y no fuera consciente de adónde le llevaban sus pasos.

—Está exhausto —dijo el adalid.

Camille le miró y asintió. Tenía que rematarlo. Se acercó hacia él decidida, dispuesta a terminar de una vez por todas. En cuanto se acercó, el demonio trató de lanzarle una cuchillada que Camille salvó con facilidad para después introducir su mano derecha en el interior del demonio. Fue entonces cuando Camille se convirtió en un ente de luz blanca, luminosidad que fue mermando poco a poco el cuerpo de oscuridad del demonio. Este intentó librarse, pero su energía fue disminuyendo hasta que desapareció por completo.

Camille, exhausta por el esfuerzo, cayó al suelo semiinconsciente.

El adalid, sin alterarse, se acercó a Camille y le puso la mano sobre la frente. Al cabo de unos segundos, Camille abrió los ojos, más recuperada.

—¿Se ha ido?

—Así es. Lo has derrotado.

—¿Y el alma de Hiro? ¿Dónde está?

Entonces, el adalid hizo un gesto que Camille consideró extraño. El ser superior levantó la mirada y se quedó mirando hacia un lugar en concreto. Al cabo de unos segundos, el alma de Hiro apareció pura, libre del influjo demoníaco.

—¿Hiro? —preguntó Camille.

Este, que ignoraba incluso su propia muerte, miró a las dos

figuras seriamente. La posesión demoníaca le había hecho perder un gran número de recuerdos y no sabía ni dónde se encontraba ni por qué. Era como si acabara de despertar de un largo sueño.

CAPÍTULO 71

CAMILLE, que ya tenía una versión más o menos completa de los hechos, empleó las horas siguientes en relatarle todo lo sucedido a Hiro. Su etapa demoníaca le hacía imposible recordar qué había hecho en ese periodo de tiempo, pero gracias a las palabras de Camille, Hiro pudo traer a su cabeza los penosos recuerdos de sus últimos momentos con vida.

—¿Dónde está Nuria? —preguntó a Camille. Esta encogió los hombros.

—Aún no lo sé.

El adalid, que seguía allí, intervino. Era evidente que tenía prisa por algo.

—Está en el aeropuerto donde la atraparon —dijo el adalid.

—¿Cómo lo sabe? —preguntó Camille.

—Eso ahora no importa. Llévale con ella. Nuestros caminos convergerán dentro de poco.

Camille no sabía a lo que se refería el adalid, pero no se planteó discutir la orden. Junto con Hiro, se marcharon hacia el aeropuerto. Durante el trayecto, en autobús, Hiro no paró de hacerle preguntas a Camille, las que esta respondió como pudo.

La noticia de la muerte de Nuria le había afectado menos de lo que esperaba al saber que podría volver a verla.

Al cabo de dos horas llegaron al aeropuerto. Había miles de personas entrando y saliendo, una multitud frenética que no se detenía en ningún momento.

—¿Cómo vamos a encontrar a Nuria? —preguntó Hiro con ansiedad.

Camille le pidió calma y trató de pensar en una opción para agilizar el proceso.

—¿A dónde se dirigía Nuria?

—A Camberra —contestó Hiro.

La detective asintió y se dirigió rápidamente al puesto de información. Preguntó por un vuelo con destino a Camberra y allí le dijeron que saldría uno en las próximas horas desde la puerta de embarque 41. Afortunadamente, Australia era un destino casi fijo en los aeropuertos japoneses.

—Lo más probable es que Nuria esté en una especie de bucle. Una muerte traumática puede provocar que un alma se asuste y se refugie en lo que considere más seguro, como puede ser una cola de un aeropuerto. Sé que puede no tener sentido para ti, pero así funcionáis.

—Ojalá tengas razón. Lo único que me importa es que Nuria esté allí.

Camille no podía dejar de sorprenderse de la reacción de Hiro. Era evidente que había estado en contacto con la muerte desde hacía mucho tiempo, ya que su actitud respecto a ella no era de temor ni nada por el estilo. La afrontaba con una gallardía envidiable.

CAPÍTULO 72

Nuria miró la pantalla con cierta impaciencia. El vuelo a Camberra salía dentro de hora y media, por lo que podría embarcar dentro de un rato. No lo sabía, a medida que se acercara la hora, sufriría una especie de crisis nerviosa que le haría caminar sin rumbo por el aeropuerto. Una vez que se calmaba, pasaba las horas que hiciesen falta esperando que hubiera un nuevo vuelo hacia Camberra, reiniciando así el proceso.

Su alma estaba atrapada ahí porque no podía procesar todo lo que ocurrió después. Los picassianos la atraparon justo antes de embarcar, por ello, cuando llegaba el momento, huía despavorida sin saber el motivo. Sin noción del tiempo, no era consciente de la infinita espera.

Sin embargo, todo esa ensoñación se hizo pedazos cuando miró hacia atrás y vio a Hiro caminando tranquilamente por el aeropuerto. Inmediatamente, salió corriendo y se estrecharon en un abrazo. Poco a poco los recuerdos comenzaron a brotar, pero estaba tan emocionada que le importaba poco.

Camille los observó a cierta distancia. Plenamente felices, enamorados y conscientes de lo que les había ocurrido, las puertas del Umbral se abrían para ellos. Una vez allí, cruzarían el Aqueronte rápidamente hacia la otra orilla.

Envueltos por la dicha, no advirtieron cómo poco a poco se fueron desvaneciendo hasta desaparecer. Camille se quedó allí durante unos segundos y después buscó un lugar apartado para regresar al Umbral. Tenía que hablar con Cerbero.

Este tenía en su poder a Marga Estrada, la madre de Nuria, que fue quien abrió el portal y permitió que el alma demoníaca de Hiro entrara al Mundo de los Vivos. Cuando llegó a las puertas del Reino Oscuro, la colosal figura de Cerbero se centró en ella, mientras sus cabezas iban de un lado a otro.

—*¿Traes algo para mí?* —preguntó Cerbero.

—*Ya no tienes que preocuparte por el demonio, Cerbero. Es historia* —dijo Camille.

—*Mis esbirros me lo han confirmado. Supongo que tengo que entregarte a esa mujer, ¿no es así?*

—*Hicimos un trato.*

Las tres cabezas dibujaron una sonrisa tensa y desaparecieron en la inmensidad del Reino Oscuro. No pasó mucho tiempo hasta que una de las fauces dejó al alma de Marga Estrada junto a Camille.

—*Los dos hemos cumplido* —dijo Cerbero.

Sin embargo, Camille estaba centrada en Marga. Era el último fleco del caso. La cogió de la mano y juntas regresaron al Mundo de los Vivos, concretamente, a su piso, donde la cinta policial y las manchas de sangre le daban un toque tétrico.

—¿Qué ha pasado aquí? —preguntó Marga.

—Fuiste asesinada.

El alma de Marga fue recordando poco a poco. Camille la observaba con atención.

—¿Y tú quién eres?

—Alguien que está aquí para ayudarte. Solo eso. ¿Qué estabas haciendo cuando ocurrió todo?

Marga bajó la cara, avergonzada.

—Intentaba averiguar dónde está mi hija.

—¿Cómo?

—Me hablaron de una mujer de la que decían que podía hablar con los muertos. La policía no hacía nada y no sé, estoy desesperada por saber de Nuria.

—¿Puedes darme la dirección de esa mujer? —preguntó Camille. Marga se la dijo sin más complicaciones, estaba tan impresionada que se dejó llevar por la seguridad que desprendía Camille.

—¿Tú sabes algo de mi hija?

Camille sabía que llegaba el momento más complicado: contarle la verdad. Se lo tomó con filosofía y le fue dando la información a cuentagotas, lo último que quería era que se asustase. Marga escuchó todo con atención y se quedó callada durante un rato, como si necesitara procesar todo lo que acababa de escuchar.

—Llévame hasta ella. Te lo suplico.

La detective agradeció que Marga no tuviera más preguntas. Pese a que estaba enfocada en terminar con todo lo relacionado con Marga y Nuria, no podía quitarse de la cabeza las palabras del adalid.

Regresaron al Umbral de los Muertos y Camille se aseguró de que también cruzara el río. Lo único que le faltaba era una última visita al Mundo de los Vivos para saber más de aquella mujer que tenía portales en su poder.

Le resultó complicado encontrar la casa, básicamente porque estaba sumergida entre la vegetación. Sin embargo, cuando se encontraba a pocos metros de la casa, el adalid la sorprendió apareciendo al otro lado de la puerta.

—¿Qué hace aquí? —preguntó Camille.

—Vienes en busca de las tablas. No tienes que preocuparte de ellas —dijo el adalid.

—¿Cómo lo sabe?

El adalid dio un par de pasos hacia delante.

—Te dije que nos volveríamos a ver.

—¿De qué está hablando? —Camille no entendía nada. Dio un paso al lado y miró hacia el interior de la casa. Se apreciaba una mujer tirada en el suelo.

—Está muerta, Camille.

Fue entonces cuando ella comenzó a comprender las palabras del adalid.

—¿Te refieres a… la Orden de Herodes?

El adalid asintió con solemnidad.

—El maestro del Inframundo está por venir.

FIN

Camille regresa en la tercera novela de la serie: *¿Destino o maldición?*. Obtenla aquí:
https://geni.us/DestinoOMaldicion

Puedes encontrar todos los libros de la serie *Camille* en este enlace:
https://geni.us/SerieCamille

NOTA DE LOS AUTORES

La mejor recompensa para nosotros como escritores es que tú, estimado lector, hayas disfrutado de la lectura de esta novela. La mejor ayuda que como lector nos puedes ofrecer es brindarnos tu opinión honesta acerca de ella.

Para nosotros es sumamente importante tu opinión ya que esto nos ayudará a compartir con más lectores lo que percibiste al leer nuestra obra. Si estás de acuerdo, te agradeceremos que publiques una opinión honesta en la tienda de Amazon donde adquiriste esta novela. Nosotros nos comprometemos a leerla.

Si deseas leer otra de nuestras obras de manera gratuita, puedes suscribirte a nuestra lista de correo y recibirás gratis una copia digital de *Emboscada*: Max Cornell *thrillers* de acción. Así mismo te mantendremos al tanto de nuestras futuras publicaciones. Suscríbete en este enlace:
https://www.autopublicamos.com/emboscada

Finalmente, si deseas contactarte con nosotros puedes escribirnos directamente a adrian@autoresaragon.com.

Nuestros mejores deseos,
Adrián y Miguel Aragón

amazon.com/author/autoresaragon

goodreads.com/autoresaragon

instagram.com/autoresaragon

facebook.com/autoresaragon